给孩子的古诗故事

安宝儿妈妈　著

北京联合出版公司
Beijing United Publishing Co.,Ltd.

图书在版编目（CIP）数据

给孩子的古诗故事 / 安宝儿妈妈著. —— 北京：北京联合出版公司，2017.11（2023.1重印）

ISBN 978-7-5596-1042-3

Ⅰ.①给… Ⅱ.①安… Ⅲ.①古典诗歌—诗歌欣赏—中国—儿童读物 Ⅳ.①I207.22-49

中国版本图书馆CIP数据核字(2017)第238005号

给孩子的古诗故事

作　　者：安宝儿妈妈

出版统筹：朱文平

责任编辑：肖　桓

特约编辑：黄梦梦

特约监制：徐均成

封面设计：李四月

北京联合出版公司出版

（北京市西城区德外大街83号楼9层　100088）

印刷：三河市兴达印务有限公司　　　经销：新华书店

字数：174千字　　　开本：900×1280　1/32　　　印张：8

2017年11月第1版　　　2023年1月第3次印刷

ISBN 978-7-5596-1042-3

定价：39.80元

序

教会孩子比背诗更重要的事
——我为什么写《给孩子的古诗故事》

有一句老话这样说："有了孩子的女人，才是一个完整的女人。"以前我从不这样认为，但是在安宝儿出生两年后，我改变了自己的想法，我非常感谢我的儿子让我更加透彻地理解了这句话。因为他的出现让我的生命打开了一扇内省之门，让我更懂人、更懂生命，成了一个更完整的"人"。

拥抱"真实的自我"，每个人都是独一无二的

安宝儿才出生几个月的时候，我就迫不及待地开始了一场书籍大搜索，跑遍了大小书店，翻阅了各种各样的古诗启蒙书，希望能找到一本适合给孩子做亲子阅读的古诗书。可是找来找去都没有十分满意的，因为绝大部分给儿童看的古诗书都是简单的诗词罗列，配上简单的字面解释。

回想一下我们幼儿时代是如何学古诗的，背诵就是纯粹的背诵，就

算之后上了小学，我们学到的也是这个字什么意思、那个词什么含义。比如，我们说《咏鹅》这首诗的时候，就说骆宾王很聪明，七岁就会写诗了；学李白的时候就说他是个大才子，多么有才，从小就聪慧。好像所有有成就的诗人都是天赋异禀或者勤奋刻苦的。

问题是，这样没有事实基础的故事，值得我们提倡吗？真相究竟如何？每一个诗人都是一个活生生的人，李白有粉丝追，也有自己的偶像；苏轼喜欢美食，是个吃货；陆游的理想是做个战士。他们也有各种各样不那么美好的经历，考试不及格、遭遇战乱、心情低落，甚至逃难。普通的人也可能因为一首诗而名垂千古，大才子也不一定处处都优秀。孩子看到这样真实的故事，才会由此出发去思考自己的人生。他们能够从这样的故事中不断发现自己的优势与潜能，充分发挥自己的专长，快乐幸福地成长与生活，并最终收获自己的人生价值。

我们每个人都是独特的，这种独特性其实包罗万象，可以是各种特长，也可以是各种痴迷的兴趣和爱好；可以是心地的良善和悲悯，也可以是独特的个性和生活经历。

帮孩子拆掉思维的墙，疯狂地扩展自己

扎克伯格在给自己的宝贝看量子物理学绘本的时候说过："我真的希望教给她的是一种好奇心，因为世界上有那么多东西不是显而易见的，我希望她能够懂得自己需要去探索，去不断学习。不管她未来想做什么，想做老师也好，想做医生也好，像她妈妈一样，或者是工程师，或者是她想做事业，我希望她能够有这样的求知欲。"

我常常给孩子念一本绘本，其中有这样一句话："每一个人都是独

一无二的，你要勇敢做自己。"这个世界是多元的、丰富的、生机勃勃的，是可以相互补充和学习的。

很多家长看过我的《给孩子的古诗故事》后会说："你居然能把那么多知识全部糅合在一起，真佩服你的联系与引申能力。"我们这一代常常被说"思维固化"，没有"创造力"。因此我在写这本古诗故事的时候，有时候会有意地发散性思考，会讲到物理，讲到成语，讲到古典文化，从汉朝穿越到唐宋元明清，讲到后人编写的故事，到底真实与否我也不知道，甚至会提到诗人们对同一个人物不同的评判。我希望这样的链接能够鼓励孩子多寻找相关知识和信息，教会他们批判性思考，帮助他们提高逻辑思维能力（安宝儿妈妈不是学文科的，是个医科生）。

人类知识的三个领域——科学、艺术和哲学，就如同金字塔的几个侧面。当处在比较低的水平的时候，彼此的距离间隔得很远。但是，随着水准的逐渐提高，它们就越来越接近。最后你会发现，它们竟然在顶尖的地方汇合了！

我想通过这种讲故事的方式，让每一个孩子拥有最基本的学习能力。归根结底，更丰富的人生的可能性靠的是"疯狂地拓展自己"（go wild）。要发现自己的潜力，要真正了解自己，就得在不同领域中不断尝试。当然，我们没办法让这么小的孩子完全理解这件事，但我们可以并且必须在他们幼小的心灵里种下这颗种子，时刻给他们提供引导与支持，然后让它自己生根发芽。

这份古诗讲稿最开始只是发到网上，得到了许多妈妈的关注和支持。

之后我为此专门开辟了公众号，和许多父母一同探讨。在大家的支持下，这本《给孩子的古诗故事》的稿子终于写完了，也得到了一些出版社的青睐。

都说父母才是孩子最好的启蒙老师，希望这本古诗讲稿能够让所有的孩子拥有成长的力量、学习的能力，最终活出天赋的自我！

安宝儿妈妈

2017.1.5

目　录

第二章 即景即情几感怀

第三章 风起云涌战沙场

第四章 一草一木总关情

第五章 朋友情深话友谊

第七章 春夏秋冬咏四季

第一章 山水田园好风光

古人说：『读万卷书，不如行万里路。』

在壮丽的山水之间，在优美的田园之中，有很多美等诗你去发现。

1. 王维的大别墅（唐·王维《鹿柴》）

鹿 柴

空山不见人，但闻人语响。

返景入深林，复照青苔上。

【注释】

①鹿柴（zhài）："柴"通"寨"，栅栏的意思，"鹿柴"是一处地名；②但：只；③闻：听见；④返景（yǐng）：同"返影"，夕阳返照的景象。

唐朝诗人王维是个多才多艺的人，他不但会写诗、会画画，还会音乐，他的琵琶就弹奏得非常好。他写山水诗的时候，通常是将这个地方的美丽风景画成画，再作上一首诗来描写这幅景色，题在画上。

北宋有个大文学家苏轼就曾赞赏他说："味摩诘之诗，诗中有画；观摩诘之画，画中有诗。"意思是：欣赏王维的诗，就好像从诗句里看到了一幅美丽的画；欣赏他的画，又好像从漂亮的画中看见了一首诗。

摩诘是王维的字。古代人名与字是分开的，名一般在出生后不久由家中长辈取，字则是在成人礼时才取，且一般是对自己本来的名的一个解释与备注，也可以选用表示人的德行的字。王维的字为什么叫作摩诘呢？那是因为他特别崇拜佛教里一位名叫"维摩诘"的菩萨。维摩诘是佛教的俗家弟子，但是对佛经的精通程度与修为却比出家的弟子更高。

所以王维就用"摩诘"这个字来向自己敬仰的菩萨致敬。

王维喜欢写山水风光的诗，也喜欢画自然风景的画，所以他就特别喜欢风景秀丽、有山有水的好地方。他在长安城中做官的时候就在城南的秦岭一带一个叫辋川的地方买了一处别墅。秦岭是中国南方与北方天然的分界线，这里有很多山峰、很多河流，青山绿水，风光秀美。王维休息的时候就去那里小住，写诗作画，欣赏美丽的自然风光。

辋川这个地方，有铺满白色石头的河滩，有茂密的竹林，还有开满玉兰花的小山谷等二十个各具特色的小景点。王维就为这些小景点各作了一首小诗，一共二十首，每首诗以这些景点的名字命名，加在一起就叫作"辋川二十咏"，《鹿柴》就是其中特别有名的一首。"柴"这个字是一个通假字，其实是寨子的"寨"。古人由于某些原因无法写正确

的字时，会临时借用读音相同或相近的字来替代，这便有了通假字。

听"鹿柴"这个名字就知道，这个地方可能平时会有鹿来。王维为这个小景点写的诗虽然短小，却将其神韵描绘得十分引人入胜。

空山不见人，但闻人语响。
返景入深林，复照青苔上。

黄昏时分了，幽静的山谷里看不见人，但是能听到远处传来的人说话的声音，那是深山里的回声。夕阳的余晖透过树枝的空隙照进这深山的树林之中，一直照到林中的青苔之上，可真是美丽啊！

去山里游玩，我们总是看高山，看漂亮的花草，王维并没有看这些，他看见的是夕阳的余晖，是地上小小的青苔。可见只要用心观察，总能发现与众不同的美丽。

2. 李白壮游记之庐山瀑布（唐·李白《望庐山瀑布》）

望庐山瀑布

日照香炉生紫烟，遥看瀑布挂前川。
飞流直下三千尺，疑是银河落九天。

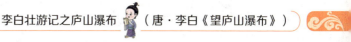

【注释】

①香炉：指香炉峰；②紫烟：指日光透过云雾，远望如紫色的烟云；③疑：怀疑；④银河：指银河系构成的带状星群；⑤九天：古代人认为天有九层高，第九层就是最高的一层，这里指天空最高处。

古代的诗人都很喜欢壮游，壮游期间他们会拜访大川名山，欣赏美丽风景，也会仔细地了解各个地方的风土人情和历史文化。正因为这样，他们才能在旅途中写下许多美好的诗句。

什么是"壮游"呢？这可不像我们平时赶上放假，到一个地方住着高级宾馆，旅游玩耍几天那样，壮游指的是胸怀壮志的游历，旅行的时间特别长，路途也特别远。像唐僧去西天取经，就是一次伟大的壮游。"壮游"这个词源自唐朝，唐朝有个和李白齐名的诗人叫杜甫，他曾经在苏州准备好了船只，要乘着船一路东游到日本去，还写下一首特别长的诗叫《壮游诗》，"壮游"这个词就这样诞生了。

大诗人李白小的时候生活在四川省江油市，五岁就开始读书，十八岁时，他开始了一边读书一边旅游的生活，先把江油周围及四川其他的市县都游览了一圈，光是峨眉山就登了两次。到了二十四岁，省内的景点都已经游览得差不多了，李白就想要出省见识见识外面广阔的世界。他不愿意遵循多数人会走的那条路，读书，然后参加一次又一次的考试，再去朝廷当官。他想靠着自己的才华名扬四海，然后得到皇帝的特别召见，被授予官职，再发挥自己的才能来辅佐明君治理天下。

于是，李白找了一个总是和自己一起旅游的名叫吴指南的小伙伴，两个人结伴坐上船，顺着长江一路向东远游去了。可是走到湖南洞庭湖

的时候，吴指南得了一场大病去世了。李白特别伤心，哭了很久，一直守在朋友的尸体旁边，一步也不离开。有一天夜里，一只老虎走近了，他怕老虎把朋友的尸体吃了，就和老虎打了一架，把大老虎赶走了。这样守护了很多天，李白才含泪把朋友简单地埋在了洞庭湖的旁边，准备去东边接着完成自己的壮游再回来为朋友迁葬。

李白首先来到了江西有名的庐山。这一天早晨，他登上庐山的香炉峰。因为这座山峰长得像一座香炉，还经常笼罩着烟雾，所以大家就给这座山峰起了个名字叫"香炉峰"。这座山峰上有个大瀑布，非常壮观，瀑布的水从高处的山崖上流下来，就好像从天上落到地面一样，阳光照在瀑布上，好像生起了紫色的烟雾，美丽极了。李白望着瀑布就念出一首诗来：

日照香炉生紫烟，遥看瀑布挂前川。

飞流直下三千尺，疑是银河落九天。

为什么会生"紫烟"呢？这是一个物理知识。因为水流从很高的地方落下来，会溅起很多的小水滴，这些小水滴一起飞起来就好像雾气一样。阳光照射在这些小水滴上，就会发生折射，就跟下雨后我们看到彩虹一样。李白可能恰好看到了紫色的光，就说是"紫烟"。"银河"是天上许多星星组成的一条银白色的光带，如果天气特别晴朗，晚上就能看见。"九天"呢，古代人认为天有九层高，第九层就是最高的一层，九天就是形容特别高特别高的天。

这是李白第一次到庐山。他一生一共去了五次庐山，写下了许多跟庐山有关的诗，这是其中流传最广、最有名的一首。

对了，后来过了三年，李白游览完了东南地区，又回到了洞庭湖边。他找到了当时埋葬朋友吴指南的地方，吴指南的尸体只剩下一副骨架了。李白就小心翼翼地把骨头取出来，放在背包里，一直背到了武汉。这时候，李白已经身无分文了，他就找武汉的好朋友借了些钱，这才正式地安葬了吴指南。可见李白是一个非常重视友情的人，这也是李白在全国各地都能结交到很多好朋友的重要原因。

3. 杜甫考砸了（唐·杜甫《望岳》）

望 岳

岱宗夫如何？齐鲁青未了。

造化钟神秀，阴阳割昏晓。

荡胸生曾云，决眦入归鸟。

会当凌绝顶，一览众山小。

【注释】

①岱宗：对泰山的尊称；②造化：大自然；③钟：聚集；④神秀：天地之灵气，神奇秀美；⑤曾：同"层"，重叠；⑥决眦（zì）："眦"是眼角，"决眦"表示眼角要裂开；⑦凌：登上。

唐朝有一个跟李白一样有名的诗人叫作杜甫，后人都称他为"诗圣"。古人只把最崇高的人物叫作"圣"，可见杜甫有多厉害。

杜甫比李白要小十一岁，后来他们俩也成了特别好的朋友。杜甫小时候很聪明，他的爷爷是当时有名的大官，专门给皇帝撰写文章。杜甫从小就由爷爷亲自辅导教育，读了许多书。杜甫七岁的时候，就开始学习写诗了，他作的第一首诗是一首咏凤凰的诗，可惜的是这首诗没有流传下来。大家可能认为杜甫是个好学生、乖小孩，其实他非常淘气、顽

皮，他说自己十五岁的时候还像个小孩子一样到处跑跳玩耍，家里的院子里有一棵枣树，每次大枣熟了，他就"一日上树能千回"去摘枣子吃。因为从小就开始写诗，杜甫十几岁的时候，在家乡河南省就很出名了，家乡人都说他将来可不得了，一定会像班固和扬雄一样才华横溢。

班固是谁？他是东汉时候著名的历史学家和文学家，九岁就开始写文章，十六岁时已博览群书，他最大的成就是创作了一部叫作《汉书》的史书。《汉书》记录了从汉高祖一直到新朝共二百三十年的历史故事。

那扬雄呢？他是西汉著名的辞赋家，文章也写得特别棒。

杜甫二十四岁的时候，满怀信心地去参加了全国考试，心想凭借自己的学问肯定能考中。可是意外的是，在乡亲们眼里这么有才华的他却落榜了。至于落榜的原因，也许是因为杜甫一上考场就紧张，没有发挥好；也许是因为考试题目都不是杜甫擅长的。考试失败后，杜甫的心情非常差，于是决定去山东旅游一圈，放松放松心情。

到了山东，最著名的旅游景点就是泰山啊，杜甫当然不会错过。泰山可是"五岳"之首。五岳是中国五大名山的总称，它们分别是东岳泰山（位于山东）、西岳华山（位于陕西）、南岳衡山（位于湖南）、北岳恒山（位于山西）和中岳嵩山（位于河南）。有一个成语叫作"三山五岳"，就是用来形容名山的。五岳就是上面讲的这五座山。"三山"呢？就是古时候传说中海上有神仙居住的三座神山，它们的名字叫蓬莱、方丈和瀛洲。

杜甫还没到泰山脚下，远远就望见一片长满树木、郁郁葱葱的山峦，层层叠叠，好像看不见尽头。等走近了，杜甫抬起头仰望着高不见顶的山峰，觉得大自然简直太神奇了，竟然能塑造出这么高大巍峨的山。等爬到了半山腰的时候，就看到云雾围绕在他的身边。再往远处看去，还能看见鸟儿在山林中飞舞。杜甫这时候准备休息一下，然后再向山顶爬去，他心想："我一定要登上山顶，到那时候再俯瞰山下，我可就站在最高的地方了。其他的山和泰山比起来，那都要算小山坡了。"在半山腰休息的时候杜甫就写了一首诗：

> 岱宗夫如何？齐鲁青未了。
> 造化钟神秀，阴阳割昏晓。
> 荡胸生曾云，决眦入归鸟。
> 会当凌绝顶，一览众山小。

"齐鲁"指的是古时候的齐国和鲁国，那个时候齐国和鲁国是以泰山为国家分界线的，泰山北面是齐国，南面是鲁国。所以现在的山东省又叫作齐鲁大地。

"阴阳割昏晓"是什么意思呢？这是说在山的北面晒不到太阳，黑暗又阴森，到了山的南面又是阳光灿烂，就好像一面是黄昏一面是早晨一样。

4. 夕阳能悲也能喜（唐·李商隐《登乐游原》）

登乐游原

向晚意不适，驱车登古原。
夕阳无限好，只是近黄昏。

【注释】

①乐游原：在长安城南，是唐代长安城内地势最高地；②向晚：傍晚；③不适：心情不好；④近：快要。

李商隐的父亲在他还不到十岁的时候就去世了。李商隐作为家中年龄最大的一个孩子，为了贴补家用，照顾弟弟妹妹，就去给别人抄书赚钱。他一边抄书一边刻苦读书，到了十六岁的时候就已经能写出一手漂亮的好文章了。在学校里，他的作文经常被老师当作范文来朗读。

那个时候和李商隐同班的，有一位叫作令狐绹的同学。令狐绹常常把李商隐的文章拿回家学习。令狐绹的父亲令狐楚是当时很有名气的文学家，还在朝廷里当了大官。令狐楚看见了李商隐的作文，觉得他特别有才华，如果好好教导，将来一定会成为著名的大文学家。于是他把李商隐请到家中，收他做了徒弟，指导他怎样才能把文章写得越来越好。同时，令狐楚让他平时帮助自己的儿子补习功课，还给他补课费让他来贴补家用。李商隐很用功也很聪明，进步得非常快，不久他的文章就更上一层楼了。

到了全国考试的时间，李商隐与令狐绹一同参加了考试。但是谁也没想到的是，平时学问一般的令狐绹考上了，而李商隐却没有考上。这是为什么呢？原来到了晚唐时候，考试特别不公平，令狐绹是大官令狐楚的儿子，所以考官都非常照顾他，看在他父亲的面子上给他打高分。而李商隐只是个没有背景的穷书生，在这样不公平的考试中，肯定比不过那些大官员的孩子。看到了这样的考试结果，李商隐十分失落。后来他又接二连三地参加了很多回考试，可是一次都没有考上。一直到了最

后，在他的老师令狐楚的帮助下，他才终于考上了。然而遗憾的是，恩师令狐楚第二年生病去世了。

这天傍晚，李商隐想起了这些事，心情特别不好，决定驾着马车到长安城南的乐游原去散散心。乐游原是长安城南的一片高地，站在上面可以看到整个长安城的景色。在西汉时，有一次汉宣帝跑到这里来玩，看到风景这么漂亮，玩着玩着都忘了回宫殿的时间，于是给这里起了个名字叫"乐游原"。

李商隐登上乐游原，望着长安城，想着：自己终于考取了功名，以后可以为国家做出一番大贡献了，可是现在国家混乱，自己没有用武之地。这时候夕阳的余晖照在整个长安城，到处是一片金色，可是就是这么漂亮的风景，他也没有什么心情欣赏。叹了一口气，他吟出一首诗：

向晚意不适，驱车登古原。

夕阳无限好，只是近黄昏。

　　这句诗的最后两句"夕阳无限好，只是近黄昏"成为千古名句。虽然夕阳下的风景无限美好，可是有什么用呢？很快太阳就落山了，这一切美好的景色都会消失。就是说：事物虽然很好，但总有凋零的一天。像是花朵，像是人青春年少的时光，都是这样的。

　　后来现代学者朱自清把这两句诗稍微改动了一下，写成了"但得夕阳无限好，何必惆怅近黄昏"，说现在夕阳下的景色多么美丽啊，何必要因为不久后太阳落山看不见这样的风景而悲伤呢？虽然只是做了非常轻微的改动，但这两句诗一下子就从悲伤的感觉变成积极乐观的意境了。

5. 会写诗的修理工（唐·胡令能《小儿垂钓》）

小儿垂钓

蓬头稚子学垂纶，侧坐莓苔草映身。

路人借问遥招手，怕得鱼惊不应人。

【注释】

①蓬头：头发蓬乱的样子；②稚子：小孩子；③垂纶：在这里指钓鱼，"纶"就是钓鱼用的丝线；④莓苔：是两种植物，莓和苔。

绝大多数的诗人都是从小饱读诗书的文化人，有很多都因为文学才华出众而进朝廷当了大官。胡令能要算比较特殊的诗人了，他既没有学过写诗作文，也没有获得过任何官职，但是也成了一位颇有名气的诗人。

胡令能年轻的时候，家里特别贫穷，他就靠着给别人修理锅碗盆缸过日子。谁家的锅坏了，他帮别人补补；谁家的碗碎了，他给别人粘粘；谁家的镜子脏了，他帮别人洗洗，所以大家都叫他"胡钉铰"，"钉铰"指的是洗镜、补锅等简单的修理工作。

胡令能怎么从一个修理工变成了诗人呢？

历史上有两个传说。第一个，说有一天胡令能做梦，梦见一位仙人来到了自己家，先脱掉了他的上衣，然后割开了他的肚子，把一卷书放

了进去，缝上之后仙人就飘飘然离开了，从那以后胡令能便成了一位出口成章的诗人。

第二个，说胡令能家的旁边有一座古墓，他每次饮茶，都会给古墓祭一杯茶。有一天晚上，他梦到有个人对他说："我姓柳，爱写诗，更爱喝茶。我就住在你屋子的旁边，你常常给我送茶，我很感激你，我教你写诗吧。"

胡令能却说："我只会修理锅碗，不会写诗。"

柳先生就对他说："你随便写写就好，到时候自然会进步的。"

等梦醒了，胡令能就试着写了一首诗，果然就好像有人帮助他一样，一下就写好了。

有人说那位姓柳的先生是南朝著名的诗人柳文畅，他多才多艺，不仅诗文写得好，还擅长下棋、弹琴，精通医术。

不过，这些都只是后人编写的传说。《全唐诗》中只留存下来胡令能的四首诗，而这四首诗每一首都十分生动传神、巧妙精致，所以大家都认为是仙人赠送给胡令能的。这四首中有一首流传最广，是胡令能去乡下拜访老朋友时写的，叫《小儿垂钓》：

蓬头稚子学垂纶，侧坐莓苔草映身。
路人借问遥招手，怕得鱼惊不应人。

胡令能到乡下找自己的一个朋友，正好碰见了一个头发蓬乱的小孩在河边学钓鱼，侧着身子坐在草丛中，野草遮住了他的身影。他就想去问问这个钓鱼的小孩，朋友家怎么走。结果他还没走近，就看见小孩远远地向他摆手，意思是我不能回答你，因为我怕说话声惊动了快要上钩

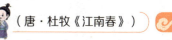

的鱼儿。

这首诗语言简单却又充满了生活气息，胡令能一个修理工之所以能写出如此美妙的诗句，并不是来自仙人的力量，而是来源于最平凡的生活啊。

6.一心想当和尚的皇帝（唐·杜牧《江南春》）

江南春

千里莺啼绿映红，水村山郭酒旗风。

南朝四百八十寺，多少楼台烟雨中。

【注释】

①郭：外城，在这里指城镇；②酒旗：挂在门前做酒店标记的小旗；③南朝：指先后与北朝对峙的宋、齐、梁、陈政权。

唐代诗人杜牧对写诗要求特别严格，每写一首诗，都要字斟句酌地修改很多遍。他老了，得了重病，感觉自己就快离开人世了。那年冬天，天气非常寒冷，他病得特别严重，已经好多天都没办法下床吃东西了。但是他仍然半躺在床上，拿着自己的诗稿，一首首地读，一页页地改。

为了不给后人留下他认为不好的作品，他就把自己挑出来的认为不是很好的诗全部烧掉了。因此，现在流传下来的杜牧的诗都是他自己认为的精品诗。

杜牧还记得，有一年的春天，他来到江苏旅游。春天的江南地区，处处花红柳绿，耳边还不时传来鸟儿的啼叫声、黄莺的啾啾声，还有燕子的呢喃声，就好像在欢迎春天的到来一样。杜牧逛了一大圈，发现这里到处都是小桥流水，人们就挨着河流建屋居住。这里有很多家酒店，每一个酒店门前都挂着一个旗子，上面写着"酒"。这些小旗子在风中不停摆动，就好像在招呼着路过的客人进来喝一杯。

有一天，天空下起了蒙蒙细雨，杜牧登上一座小山，在小亭子中远眺。他看见山下的城镇里有很多座大大小小的寺庙，寺庙里燃烧的香烛升起烟雾，和蒙蒙细雨一起，把这些寺庙全都笼罩在一片雨雾之中。

为什么这里会有这么多寺庙呢？这还要从南北朝的时候说起。

在南北朝的时候，南方有一个国家叫梁，这个国家出了一个皇帝叫作梁武帝，他特别喜欢佛学，不仅阅读和研究了大量的佛经，还亲自注解佛经，开坛讲解佛法。他要求在全国上下建设寺庙，传播佛学，甚至在自己的宫殿里都设立了佛堂，自己每日在里面吃斋念佛。那个时候，全国的文武百官还有老百姓也都跟着皇帝一起开始信佛，所以江南地区兴建了很多的寺庙，每天都有人去上香，香火非常旺盛。

有一天，这个梁武帝突发奇想，他不想再做皇帝了，想要去寺庙里出家当和尚。于是，梁武帝自己偷偷跑到了寺庙。这下，大臣们可全都急坏了，国家怎么能没有皇帝呢？那不是乱套了吗？于是就一起去寺庙里，劝说皇帝回来，继续好好治理国家。梁武帝想，这样就回去了太不符合寺庙出家的规定了，就要求大臣们出一亿钱交给寺庙，这样才能把

他赎回去。没有办法，大臣们就花很多钱，这才终于把他请回来继续管理国家。但是梁武帝一心就想去做和尚，之后又三次这样偷偷跑到寺庙里，每次大臣们都要花很多钱请他回来。

这样一来，国家的钱全都给了寺庙，皇帝也因为总是念佛而没有时间和心思好好地治理国家，梁朝就因此慢慢衰败了。

杜牧把自己在江南看见的景色写成了一首诗，叫《江南春》：

千里莺啼绿映红，水村山郭酒旗风。
南朝四百八十寺，多少楼台烟雨中。

四百八十寺，并不是实际的数量，而是形容寺庙很多。到底有多少座，杜牧自己也没有亲自数过，但是历史书里记载过，说在南朝的首都南京，当时至少有五百多座寺庙。

有人说杜牧写的这首诗其实是在借古讽今,什么叫作借古讽今呢?就是借用古代的人和事情来评论现在。这里是说,杜牧是用南朝皇帝滥修寺庙浪费财力使得国家衰败的事情来警告唐朝的皇帝,可不要像梁武帝那样,误国害民。但是也有人说,杜牧的这篇诗就是描写自己所看到的江南的美丽景色而已。究竟是什么样的,恐怕只有杜牧自己才知道。

7. 民歌也能变成诗(唐·刘禹锡《竹枝词》)

竹枝词

杨柳青青江水平,闻郎江上唱歌声。

东边日出西边雨,道是无晴却有晴。

【注释】

①竹枝词:巴渝一带民歌;②晴:与"情"谐音,双关语。

竹枝词是从巴渝地区的民歌《竹枝》演变而来的诗体。巴渝就是今天的四川重庆一带,四川是大熊猫的故乡,大熊猫喜欢吃竹子,可想而知那里生长着许多竹子,人们就给那里的民歌起了个名字叫

作"竹枝"。那民歌怎么又会变成诗歌呢？这还要从唐朝诗人刘禹锡说起。

公元821年，刘禹锡被派去夔州——也就是今天的重庆市奉节县，当刺史。刺史是古代的官职名称，在各个时期的职权范围会有不同，刘禹锡这个刺史便是夔州的行政长官。这年春天，他乘着船到夔州去，来到了巫山县，看到一群人正在唱歌，唱的是当地的民歌《竹枝》。这些人分成两批，一边吹着短笛一边拍着鼓，一边唱歌一边跳舞，这边的一群人唱一首，那边的一群人跟着再唱一首，就好像比赛一样，看谁唱得好、唱得棒。

刘禹锡听到了就觉得十分有趣，听着听着他想起了古代战国时期楚国的一位大诗人屈原。屈原创作的诗歌被收录在《楚辞》中，里面有一章叫作《九歌》。《九歌》是远古的一种歌曲，屈原把这种歌曲改变加

工成了一种诗歌的形式。

刘禹锡就想，我也可以学习屈原，把《竹枝》歌也改成诗啊。于是他就根据《竹枝》歌曲的调子，写了九篇《竹枝词》。这些诗都是描写当地人民富有特色的生活的诗。写完这九首后，刘禹锡到了夔州，也许是意犹未尽，也许是他又想到屈原的《九歌》里一共有十一首诗，便又加写两首，凑成了十一首《竹枝词》。而最后写的两首中有一首被人们广为传颂：

杨柳青青江水平，闻郎江上唱歌声。

东边日出西边雨，道是无晴却有晴。

这首诗是刘禹锡描写的在路途中看到的一个场景：一位美丽的姑娘在杨柳青青的江边散步，突然就听见江上小船传来了一阵阵歌声。一听声音，就知道是她认识的一个小伙子。其实姑娘心里很喜欢这个小伙子，可是小伙子却从来没有对自己表达过他的爱意。姑娘就想着：你现在对着我唱歌，究竟是喜欢我还是随随便便唱首歌呢？哎，你这个人怎么就好像是下"太阳雨"的天气一样，这边还下着雨，那边却出着太阳，究竟是晴天还是雨天啊？"道是无晴却有晴"看起来好像是在说天气是晴还是雨，实际上是小姑娘在问小伙子到底对自己是有情还是无情。

刘禹锡是第一个将"竹枝"这种民歌改成诗歌的诗人，后来很多大诗人，像苏轼、杨万里，也都纷纷效仿他写下了《竹枝词》的诗歌。

8. 让李白认输的一首诗（唐·崔颢《黄鹤楼》）

黄鹤楼

昔人已乘黄鹤去，此地空余黄鹤楼。

黄鹤一去不复返，白云千载空悠悠。

晴川历历汉阳树，芳草萋萋鹦鹉洲。

日暮乡关何处是？烟波江上使人愁。

【注释】

①历历：清楚可数；②萋萋：形容草木茂盛；③乡关：故乡家园。

有一首诗让诗仙李白都自愧不如，它就是在最新的唐诗排行榜上名列第一的崔颢的《黄鹤楼》。

有一回，唐朝诗人崔颢去黄鹤楼游玩，看到那里风景优美就诗兴大发，写了一首诗《黄鹤楼》题在了楼上的墙壁之上：

昔人已乘黄鹤去，此地空余黄鹤楼。

黄鹤一去不复返，白云千载空悠悠。

晴川历历汉阳树，芳草萋萋鹦鹉洲。

日暮乡关何处是？烟波江上使人愁。

崔颢一上来就想起了黄鹤楼的故事（详见第五章第三节：《李白的偶像——孟浩然》），他说以前那个神仙已经坐着黄鹤飞走了，这地方就只剩下了一座黄鹤楼。乘着黄鹤飞走的神仙再也没有回过这里，千百年来就只有天上的白云还依然飘飘悠悠的。感慨完了黄鹤楼的故事，崔颢就开始看楼外的风景，太阳照在汉江平原上，视线非常好啊，连下面的大树一棵一棵都看得非常清楚，还有江中那座叫鹦鹉洲的小岛也是遍地的绿草野花，真是漂亮。可是时间过得真快，不一会儿就到了夕阳西下的傍晚，崔颢看着远方就开始想家了，江上腾起了层层迷雾，遮住了视线，根本就看不见远处的家乡。

鹦鹉洲是什么地方？它是长江中间的一块土地，就好像大海里的小岛一样。

据说在三国的时候，有一个特别有才华的人叫作祢衡，他是当时江夏太守黄祖的秘书。祢衡和黄祖的儿子黄射非常要好，两个人常常在一起饮酒作诗。

那个时候，长江中间有一座江心洲，洲上一片荒芜，杂草丛生，有

很多野兔出没。有一天，黄射就邀请祢衡一起到江心洲上去打猎。打完了猎，黄射就在沙洲上开起了宴会。

大家都开心地喝酒吃肉，有人就把一只羽毛碧绿的红嘴鹦鹉献给了黄射，黄射十分高兴，又将鹦鹉送给祢衡。他说："这只鹦鹉我转送给你，但是你一定要写一篇咏鹦鹉的文章，让我们今天参加宴会的人好好欣赏一番。"祢衡是个有名的才子，一篇小小的文章根本难不倒他，他提笔一挥，很快就写好了一篇文章——《鹦鹉赋》。

再后来，祢衡因为跟黄祖大吵了一架，被黄祖杀死了。黄射把他埋葬在江心洲上。祢衡死后，那只鹦鹉也彻夜哀鸣，死在墓前了，人们就把鹦鹉也一同葬在洲上。从此，这座江心洲就被人起了个动听的名字叫鹦鹉洲。

崔颢写这首《黄鹤楼》的时候，李白还在四川呢。后来，李白从四川出来，到全国各地去旅游的时候，也来到了著名的黄鹤楼。李白登上黄鹤楼，从楼上向远处眺望，风景简直美极了，心中想着：这样的美景我这个大才子不写一首诗怎么行呢？他就一边继续爬楼一边在脑子里开始作诗了，等到了顶层他拿出笔刚准备写，就一眼瞥见了墙壁上题写着那首崔颢的《黄鹤楼》。李白搁下笔，读起崔颢的诗，读完以后连连称道："绝妙、绝妙！这可真是一首好诗啊！"一面称赞一面说："眼前有景道不得，崔颢题诗在上头。"眼前有如此的美景我却写不了诗，为什么啊？因为崔颢这首诗已经写得如此棒了，我再怎么写也写不出来比他更好的了啊，于是李白收起笔转身便离开了黄鹤楼。

再后来，李白旅游到了金陵，就是南京的凤凰台，他又想起了崔颢的那首《黄鹤楼》。心中不太服气：在黄鹤楼的时候，好诗都被崔颢你写了，我只能认输了。现在我一定要写一首给世人看看，我李白可不比你崔颢差。于是李白就写了一首《登金陵凤凰台》：

写不了黄鹤楼
我写白鹭洲

凤凰台上凤凰游，凤去台空江自流。
吴宫花草埋幽径，晋代衣冠成古丘。
三山半落青天外，二水中分白鹭洲。
总为浮云能蔽日，长安不见使人愁。

读完这首诗，大家就会发现，它居然和崔颢的《黄鹤楼》在句式上一模一样：崔颢说黄鹤没了只剩下黄鹤楼，李白就说凤凰没了只剩下凤凰台；崔颢说鹦鹉洲，李白就说白鹭洲；崔颢最后说想念家乡了，李白就说想念长安了；崔颢说江上有雾看不见家乡，李白就说云彩遮住了阳光看不到长安。

也许李白就是想借这首诗来告诉崔颢：我当初可不是认输了，而是因为黄鹤楼就那些景色，都被你写完了，你只不过先我一步而已，换另一个地方，我也能写出跟你的《黄鹤楼》一样棒的诗来。

9. 失眠的夜晚写成了千古名诗（唐·张继《枫桥夜泊》）

枫桥夜泊

月落乌啼霜满天，江枫渔火对愁眠。

姑苏城外寒山寺，夜半钟声到客船。

【注释】

①枫桥：在苏州市阊门外；②姑苏：苏州的别称，因旁边一座姑苏山得名；③寒山寺：在今苏州市西枫桥镇。

在唐代，会写诗而且写诗又特别好的文人非常多，做个诗人想要出名并被历史记住就特别不容易。张继并不是一个有名的诗人，连小名气都算不上，可是他却写了一首非常有名的诗。有多有名？这首诗不仅被历代的唐诗选集选录，而且在国外都很有名，连日本的小学课本都选了这首诗，在最新的唐诗排行榜上，这首诗还名列第十二名呢。想一想，《全唐诗》一共有将近五万首诗，能排名第十二，那已经是相当了不起了。

这一年，张继刚刚在首都长安参加完考试，而且考试成绩还不错，就等着朝廷给他授官职，便可以上任了。可是不久，就发生了一件大事。唐朝镇守边疆的将领安禄山和史思明，带领着军队叛乱了，他们要推翻唐朝，赶走现在的皇帝，自己当皇帝。而且很快叛军就攻占了洛阳市，第二年，就准备打进首都长安了，连当时的皇帝唐玄宗都吓得准备逃去南方。这场战乱在历史上就叫作"安史之乱"。这时候的张继一看，叛

军马上就要打进长安城了，分配工作也没有什么希望了，还是保命要紧啊，于是就赶紧起程去了江南一带避难。

深秋的一天，张继坐着船南下，准备前往苏州。夜已经很深了，小船正好行到了苏州城外，就停在了一座叫"封桥"的地方休息，准备第二天再赶路。已经是大半夜了，可是张继却怎么也睡不着，他心事重重，脑袋里想着，现在到处战乱不停，老百姓可又要遭殃了，自己的家乡湖北襄樊也离战场很近啊，不知道家乡的父老乡亲们都怎么样了。自己现在一个人孤独地在外漂泊，也没有固定的住所，战乱不知道什么时候才能平息，这样逃难的日子也不知道还要持续多久。他越想越愁，就走出船舱，站在船头看着江面的夜景：深秋的江面雾气重重，岸边一排排枫树也随着夜风沙沙作响，远处还有打鱼的渔船，点着的灯在江面上一闪一闪。突然"当当当"就从寺庙传来了一阵敲钟的声音，张继向钟声的方向望去，心想这也许是从不远处的寒山寺传来的吧，既然怎么也睡不着觉，不如写诗吧，于是张继就提笔写下了《枫桥夜泊》：

> 月落乌啼霜满天，江枫渔火对愁眠。
> 姑苏城外寒山寺，夜半钟声到客船。

张继写诗的地方其实原本叫"封桥"，也不知道是张继写错了，还是觉得"封"字不如"枫"字好听，又或者只是因为江边的枫叶红得很漂亮，他就把这里写作了"枫桥"。后来这首诗出名了，这个地方就真的改成了张继所写的"枫桥"。

寒山寺是因为唐朝的一位叫作寒山的高僧曾在这里居住而得名。传说，寒山寺最开始住着两位高僧，除了这位寒山，还有一位叫作拾得，他们俩是特别好的朋友。后来叫拾得的高僧离开了寒山寺，东渡到了日本，还在日本建了一座"拾得寺"。可是拾得寺究竟在哪里，现在谁也不知道了。但是如今的日本却重新建造了一座同名的"寒山寺"，还仿

照着张继的诗，建造了枫桥，在寺庙旁竖起石碑，在上面刻上了这首《枫桥夜泊》。所以今天日本人都很喜欢这首诗，连日本的小朋友们也都会背诵这首诗。

10. 苏轼与西湖的不解情缘（宋·苏轼《饮湖上初晴后雨》）

饮湖上初晴后雨

水光潋滟晴方好，山色空蒙雨亦奇。

欲把西湖比西子，淡妆浓抹总相宜。

【注释】

①潋滟：水波荡漾、波光闪动的样子；②空蒙：细雨迷蒙的样子；③欲：可以；如果；④西子：西施，古代四大美人之一；⑤宜：合适。

西湖在中国浙江省杭州市，人们总说的"上有天堂，下有苏杭"就是指的苏州与杭州。杭州因为有美丽的西湖山水，所以自古就吸引了很多文人学士到那里去写诗作画。

在历史上，为西湖写诗的文人中最有名的就要算宋朝的大文豪苏轼了，他号东坡居士，所以大家也都叫他苏东坡。苏轼不但为西湖写下了流传千古的美妙诗句，他还先后两次到杭州做地方官，与西湖之间发生了不少动人的故事。

三十六岁的时候，苏轼到了杭州做通判。"通判"是古代的官职名称，既是一地的二把手，又负责监察长官。他一来到杭州就喜欢上了西湖的美丽景色。有一天，他叫上了自己的一个好朋友一起去西湖游玩。他们乘上一艘小船，在西湖上划船荡漾，两人边欣赏着西湖美景，边举杯喝着美酒。阳光洒在湖面上，亮晶晶的，闪闪发光，漂亮极了。可是，不一会儿天就阴了起来，竟然飘起了蒙蒙小雨。苏轼抬起头望着远方的山峰，这时候如雾一般的小雨笼罩着群山，时隐时现，比起晴天的时候又别有一番景色。苏轼心中想着，这西湖，晴天时有晴天时的美丽，雨天时又有雨天时的美丽，就好像古时候的美女西施一样，无论是画艳丽的浓妆还是雅致的淡妆都是那样美丽动人。

这个时候苏轼的朋友早已经喝醉了，趴在小桌上呼呼大睡起来。苏轼看着他摇了摇头，叹了一口气说道："这么美丽的景色你没有欣赏到，简直太可惜了！"他便拿出纸笔写下《饮湖上初晴后雨》：

水光潋滟晴方好，山色空蒙雨亦奇。
欲把西湖比西子，淡妆浓抹总相宜。

西施是古代春秋时期越国的一个美女，她的家乡就在浙江省诸暨市，离杭州很近的地方。她和王昭君、貂蝉、杨玉环一起被称为古代四大美女。她有多美呢？据说她在河边洗衣服的时候，清澈的河水映出了她的身影，水里的鱼儿看见了这么美丽的影子，都忘记了游水，沉到河底去了，这就是西施沉鱼的故事。

因为这首诗，西湖也被人们称为"西子湖"。在苏轼眼中，西湖无论晴天还是雨天无时不美。

后来没过几年，苏轼又被派到别的地方做官了，直到十五年后，才再次回到杭州当了知府。知府也是古代的官名，是古代州府的最高行政长官。他回来以后发现，西湖有一半都长满了野草，湖水也干了。就决定要疏通堵塞的淤泥，把运河的水引进西湖来，好让西湖恢复原来的美丽。他组织了很多工人，把湖中的淤泥挖出来，把运河水引进西湖中，

之后又把挖出来的淤泥堆积起来，建成了一道横贯西湖南北两侧的长堤，西湖又恢复了之前的美丽。西湖地区的老百姓们为纪念苏轼治理西湖的大功劳，就将这条南北贯通的长堤起了个名字叫"苏公堤"，也称"苏堤"。

11. 有趣的数字诗（宋·邵雍《山村咏怀》）

山村咏怀

一去二三里，烟村四五家。
亭台六七座，八九十枝花。

在明朝的时候，徐州有位大才子叫徐文长。一年冬天，他去爬雪山，走到山上的放鹤亭中，看见一群年轻人正在亭子里边喝酒边欣赏梅花。

放鹤亭在江苏省徐州市的云龙山上，它是北宋时候在山里隐居的一位叫张天骥的人修建的。张天骥养了两只仙鹤，他每天清晨都会到这个亭子来放仙鹤，于是就给这个亭子取了个名字叫放鹤亭。大文学家苏轼在徐州当官的时候和张天骥结交成了好朋友，俩人常常一起在放鹤亭里喝酒聊天，苏轼还为这个亭子写了一篇文章叫《放鹤亭记》。

因为大文学家苏轼都曾来过这里，还写下了文章，所以这里很快就出名了。明朝的文人们常常来这里聚会，他们还私下规定说，不会写诗的人就不能来这里喝酒。

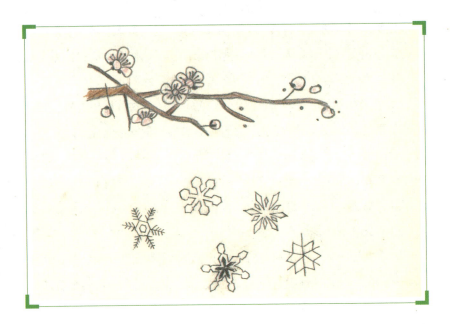

　　所以当那些年轻人看见徐文长走过来想与他们一起喝酒聊天时，便对徐文长说："你要先作一首诗才行。"

　　徐文长看着着漫天大雪，开口就说道"一片一片又一片"，准备写一首咏雪的诗来，他接着说："三片四片五六片，七片八片九十片。"

　　这前三句诗还没有念完，旁边的人全都笑出声来了，纷纷嘲笑他说："这哪里叫作诗啊！""你是不是就只认得数字和'片'这个字啊？"

　　徐文长不以为然地接着说道："飞入梅花都不见。"当这最后一句诗一念出来，大家却都不笑了。白色的雪花飞入孤山的梅林之中，当然是看不见了，这最后一句精妙的构思把前面简单的数字联系在了一起，化平淡为神奇。

　　这只是这首有名的《咏雪》诗流传下来的故事之一，至于他的作者究竟是谁，一直到今天都没有定论。有人说是徐文长写的，有人说是郑板桥写的，还有人说这是乾隆皇帝和纪晓岚合写的戏作。因为这首诗巧

妙地把平淡无奇的数字与其他文字融合在了一起，趣味十足，于是就被后人改编出了好几个版本，人们依据自己的喜好把作诗者拟到各种人物的身上，来说明自己喜欢的文人多么机趣、有才智。

历史上有一首最有名而且流传最广的数字诗。这首诗是宋朝的邵雍写的，邵雍是什么人啊？他是一个特别有名的数学家，他自己创造了一种算命方法叫作"梅花易数"。相传，有一次他去梅花园里赏花，结果看见两只小鸟为了争一只花枝争吵，后来两只鸟全都摔到了地上。邵雍觉得这件事很奇怪，就开始算命，他算出第二天肯定会有一个小姑娘来赏花，看见美丽的梅花想上去摘一枝下来，但是被看守梅花园的园丁发现了，小姑娘一害怕就从梅花树上掉下来摔断了大腿。结果，第二天像邵雍预测的一样，这件事情果真发生了。他就给自己的这种算命方法起了个名字叫"梅花易数"。

他有一次去乡下看朋友，路上就碰见一位妈妈带着一个五六岁的孩子也去乡下看亲戚。他就跟着母子俩一同走路，小孩子蹦蹦跳跳特别高兴，一走就走了两三里的路程。沿途他们路过了村庄，还看到了很多小亭子，还有路边开着的漂亮的花朵，邵雍就写了一首《山村咏怀》：

一去二三里，烟村四五家。
亭台六七座，八九十枝花。

他在短短的四句诗中，依次嵌入了从"一"到"十"十个数字，巧妙地勾勒出一幅美丽的田园风景。后来人们就把这种在诗里填入从一到十十个数字的数字诗叫作"十字令"，很多文人都写过这样风趣的十字令。因为邵雍这首朗朗上口，尤为出名，就被古代人当成了教小孩子学习数数、数字时候的启蒙诗。

第二章 即景即情几感怀

诗人总有许多感悟，感悟历史、感悟生活、感悟人生，他们将这些感悟汇成了一首首诗篇，诗篇里不仅包含着诗人的理想抱负，还包含着他们心中的向注。

1. 王谢两大豪门家族（唐·刘禹锡《乌衣巷》）

乌衣巷

朱雀桥边野草花，乌衣巷口夕阳斜。

旧时王谢堂前燕，飞入寻常百姓家。

【注释】

①朱雀桥：在建康（今江苏南京），乌衣巷在桥边；②旧时：在这里指晋代；③王谢：王氏、谢氏两大门阀士族；④寻常：平常。

乌衣巷在南京的秦淮河岸边，据说是因为古代三国时期在这里驻守的部队的士兵们都穿着黑色的军服，所以才叫作"乌衣"巷。"乌"就是黑色的意思。

建康是东晋的首都。在首都的乌衣巷里住着两大最厉害的家族：一个是姓王的家族，一个是姓谢的家族。这两个家族为什么那么厉害呢？是因为这两个家族里出了两个非常厉害的大人物。一个叫作王导，他是东晋的开国元勋，就是帮助当时的皇帝建立起东晋这个国家功劳最大的人；另一个叫作谢安，他是东晋的救国功臣，在东晋受到别的国家进攻的时候，他曾指挥着8万士兵打败了别人的80万大军，让国家转危为安。这场战争是在淝水打的，所以在历史上叫作"淝水之战"，是著名的以少胜多的战役之一。

　　这两个人为国家立了大功，就都被封了大官，也被赏赐了许多金钱，他们用这些赏赐在乌衣巷里盖了特别漂亮的大房子，房前栽上了大树，屋后种上了美丽的花草，和亲戚子孙们一起住在这里。为了出入方便，他们还专门在旁边的秦淮河上修建了一座特别宏伟、华丽的大桥，叫作朱雀桥。这座桥可是当时秦淮河上最大的桥。那个时候，这里简直是全国最漂亮的地方，逢年过节，人流不断，车马喧闹，张灯结彩，热闹非凡。每个人都很羡慕王谢两家，都想去那里看看。

　　转眼过了400多年，唐朝的诗人刘禹锡来到了这里。东晋之后又经历了南北朝、隋朝，才到了唐朝。刘禹锡走到朱雀桥上，桥旁的路上都长满了野草，也没有人修剪修剪。过了桥来到乌衣巷的巷口，正好快要

落山的夕阳还剩下一点光辉斜斜地照在巷子里。他望向巷子里面，漂亮的大房子早就没有了，有些屋顶的瓦片还掉落了几块，巷子中也没什么大官员出入，走过的都是一个个普通的老百姓。有几只燕子在天空中飞舞，不一会儿就飞回了屋檐下的窝中。刘禹锡想着：风景变了，房子变了，人也变了，恐怕就只有燕子没有变，以前在这里飞舞，现在还在这里飞来飞去吧。

看到这样的场景，他就写了一首叫《乌衣巷》的诗：

> 朱雀桥边野草花，乌衣巷口夕阳斜。
> 旧时王谢堂前燕，飞入寻常百姓家。

王谢，就是上面讲的东晋特别厉害的两个家族，王家和谢家。诗人面对着如今的乌衣巷，忍不住发出感叹，东晋的时候这里还是豪门世族，可到了今天却已经变成了普通人家，那时候的繁华到今天也全都衰落了。

2. 写了三年的一首诗（唐·贾岛《题诗后》）

题诗后

二句三年得，一吟双泪流。
知音如不赏，归卧故山秋。

【注释】

①吟：读、诵的意思；②知音：十分了解自己的好朋友；③赏：欣赏。

唐代有个诗人叫贾岛，写诗特别认真，有时候为了一首诗中的一个词，他不惜耗费很多心血，花费很长时间，一定要研究很久。因此，人们给像他这样的诗人起了个名字，叫"苦吟"诗人。贾岛写诗有多认真？他曾经为了两句诗想了整整三年。

那是什么样的两句诗呢？就是："独行潭底影，数息树边身。"就是说单独走路的人只有潭底的影子跟他相伴，疲倦了也只能一次次靠着旁边的大树休息。贾岛在写下这两句诗后，心情特别激动，激动到自己都哇哇大哭了起来。因为为了这两句诗，他反反复复想了三年之久，三年里他只要有空就在想怎么写这两句诗，该用哪个词，用哪个字，写了改，改了又写。现在终于写成了，他赶紧擦了擦脸上的泪水，在这两句

诗的旁边写下一首《题诗后》：

二句三年得，一吟双泪流。

知音如不赏，归卧故山秋。

贾岛说：这两句诗可是我仔细思考了三年才写出来的啊，写成的时候我自己都忍不住流下眼泪了。如果知道我、理解我作诗辛苦、佳句难得的朋友再不懂得欣赏的话，我就只好回到以前住过的山里，在秋风中睡大觉去，从此再也不写诗了。

这首诗中的"知音"，就是指了解自己、懂得自己的好朋友。它和我们后面将会讲到的王勃的"海内存知己"中的"知己"是一样的意思。

可是为什么要将好朋友叫作"知音"呢？那可是有段历史故事的。

相传，在春秋战国时期，有一位音乐大师叫作俞伯牙，他的古琴弹得特别好。有一天，他乘着船出游，把小船停靠在了一座小山下，就开始弹琴。看着美丽的风景，他越弹越投入，弹了一曲又一曲，完全沉醉在自己的音乐里。等他弹完了，抬起头，突然就发现岸边站着一个背着柴的人盯着自己，吓了一跳。那个人就叫钟子期。

钟子期听到琴声停了，看见俞伯牙正盯着自己，赶紧说道："先生，您不要害怕，我只是一个打柴的，碰巧路过，听到了您的琴声，觉得十分美妙，就不由得站在这里听了起来。"

俞伯牙不敢相信一个打柴的农夫竟然能听懂自己的琴声，便问："你也懂音乐？"

钟子期点点头回答道："只是略知一二。"

俞伯牙没有在意，又接着弹奏起来，他弹奏的是雄壮高亢的大山之歌。

钟子期听见了就说："好雄伟的一座大山啊，气势磅礴！"

俞伯牙听到钟子期说出了自己弹奏的内容，又惊又喜，琴音一转，又开始演奏溪水之歌。

钟子期听见了又说："好美的一条溪水啊，潺潺流淌！"

俞伯牙听到钟子期又说对了，简直高兴坏了。因为以前从来没人能听得懂自己的琴声，而今天碰到的钟子期竟然可以听懂自己弹奏的音乐。他赶紧起身把钟子期邀请到船上来，两个人一起喝酒聊天，畅谈音乐。等到第二天，俞伯牙要回家了，他们互相约定，明年的这个时候再来这里相聚。

第二年，当俞伯牙按时来到这里的时候，却没看见钟子期的影子，他等啊等，几天过去了，还不见钟子期来。一位老人听见了琴声，便告诉俞伯牙，说钟子期已经得了疾病去世了，他在死之前就说要把自己的坟墓修在江边，到时候好听俞伯牙的琴声。

听了老人的话，俞伯牙万分悲痛，他来到钟子期的坟前，弹起了高山流水的曲子。弹完便把自己最心爱的琴一下摔在了大石头上，摔了个粉碎。他悲伤地说："我的知音已经不在人世了，这琴还弹给谁听呢？"

这就是"高山流水遇知音"的故事。所以，一直到了今天，人们还用"知音"这个词来形容特别好的知心朋友。

3. 黄金台的故事（唐·陈子昂《登幽州台歌》）

登幽州台歌

前不见古人，后不见来者。

念天地之悠悠，独怆然而涕下。

【注释】

①怆然：悲伤凄恻的样子；②涕：在古文里指眼泪。

在战国时期，燕国有一个国王叫燕昭王，他想给自己的国家招聘几位特别有才能的人，来帮助自己一起治理国家，让国家更加富强。于是他就贴出告示，派人向全国散布消息说自己想要人才。可是，过了好一阵子也没有人来应聘，燕昭王因此整日闷闷不乐。

这时，有一个叫作郭隗的人就给燕昭王讲了一个"千金买马骨"的故事。很久以前，有一位国王愿意出千两黄金购买一匹千里马，但是时间过去了三年，却始终没有买到。又过了一阵子，好不容易打听到有一个地方发现了一匹千里马，可是当国王派手下带着大量黄金去购买的时候，千里马却已经死了。派去买马的人就只好用五百两黄金买下了千里马的马骨。

回去之后，国王看见手下人提着一堆马骨头，就十分生气地说："我要的是活马，你怎么花这么多钱弄一匹死马的骨头来呢？这些烂骨头简

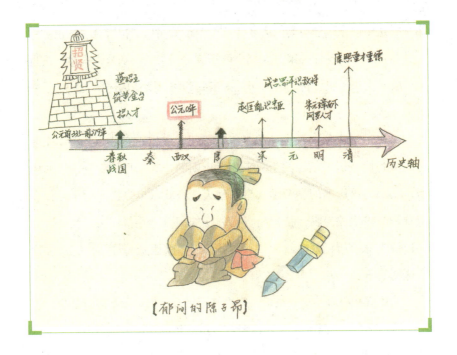

【郁闷的陈子昂】

直一分钱也不值！"

国王的手下则说："国王，你想想你舍得花五百两黄金去买死了的千里马的骨头，这件事要是传播了出去，大家一定会了解你是多么喜欢千里马，如果是活马你一定会给更多的钱。这样你还愁没有人给你送千里马来吗？"果然，没过几天，就有人送来了三匹千里马。

郭隗讲完这个故事就对燕昭王说："你不是想要招揽人才吗？那么就首先从招揽我郭隗开始吧。像我郭隗这样没多少本事与才能的人都能被你采用，那么那些比我才华更高、本事更强的人，听到以后必然会千里迢迢地赶来的。"

燕昭王就采纳了郭隗的建议，拜郭隗为老师，为他修建了特别漂亮的宫殿。后来还在易水旁筑起一座高台，在台子上存放着几千两黄金，

用来赠送给前来燕国应聘的人才。这个台子就叫作"招贤台"，也被称作"黄金台"。这样一来，大家全都知道了燕昭王特别爱惜人才，没过多久就吸引来了很多特别有才华的人来到燕国，落后的燕国也一下子变得人才济济了。

又过了很久很久，有一千多年吧，到了唐朝。有一年，唐朝东北边的契丹族组织了很多的士兵来攻打唐朝的边界，很快就侵占了两座城市。那时候唐朝的皇帝是女皇武则天，她就派出自己的侄子武攸宜带着军队去边关打仗，把侵略自己领土的契丹士兵打回去。当时，有一位诗人陈子昂正好在给武攸宜担任参谋，就跟随着部队一起去参加了这场战争。

武攸宜从小就在皇家长大，吃得好穿得好，根本没参加过战争，也不太懂得军事。他到边界后，既没有分析战场的情况，也没有周密地计划，就草率地派出了一部分军队去攻打契丹，结果失败了，还败得特别惨，全军覆没。这个时候剩下的士兵们都没有了信心，觉得这次出征一定会大败，也许都会死在战场上回不去。陈子昂就给武攸宜建议说："你给我一万人的部队，我亲自带着他们做先遣部队，一定胜利回来，来鼓舞士气！"

可是武攸宜却说："你一个写诗写文章的人，怎么会懂打仗啊？你不行。"就把陈子昂拒绝了。

过了几天，陈子昂又给他建议，说："我要为国立功，冲锋陷阵。请你派给我一些士兵，让我去攻打契丹吧！"

武攸宜这回不但没采纳建议，还直接把陈子昂参谋的官职也给罢免了，让他去当普通士兵。

受到接连打击的陈子昂又伤心又难过，心想，自己一心想报效国家却没有人认可自己，于是就跑出军营生闷气。走着走着他就走到了当年燕昭王修建"黄金台"的地方，黄金台经过了上千年的时间，这个时候已经不叫黄金台了，它有了新的名字，叫"幽州台"。

　　陈子昂登上幽州台，就想起了燕昭王不惜重金招纳人才的历史故事，心想着：我怎么这么悲惨，古代那些招纳人才的好君主我没能碰上，后世那些渴望人才的好君主我也见不到，天下这么大，我也就只能独自一个人在这里伤心地流泪。想着想着他就长叹一口气，念出一首诗来：

> 前不见古人，后不见来者。
> 念天地之悠悠，独怆然而涕下。

　　这首诗就叫作《登幽州台歌》，是陈子昂既悲伤又孤独的歌唱。

4. 最有名的劳动诗（唐·李绅《悯农》）

悯农

锄禾日当午，汗滴禾下土。

谁知盘中餐，粒粒皆辛苦？

【注释】

①悯：怜悯、同情。

李绅才六岁的时候，父亲就去世了，是母亲一个人把他养育成人的。小时候，李绅家里的生活特别困难，也没钱上学，都是母亲教他读书学习。因为他的个子长得很矮，所以大家给他起了个外号叫"短李"。

十几岁的时候他就去了一座寺庙里借住读书。为什么去寺庙读书呢？因为古时候，寺庙可以免费给男子提供住宿，还有免费的斋饭，这样可以节省很多钱。而且寺庙里又很安静，可以安心地读书。

李绅特别喜欢写诗，他借宿的寺庙在乡村的一座小山上，山下都是一片片田地，他就经常坐在小山坡上一边看着田地里的风景一边写诗。

后来，他去了首都参加考试。到了首都，他就把自己写的诗做成了一本诗集，请当时朝廷里一位文采出众的大官员吕温来给他指点指点。吕温打开李绅的诗集，看见其中有一组叫《悯农》的诗，一共三首，其中一首是这样写的：

锄禾日当午，汗滴禾下土。
谁知盘中餐，粒粒皆辛苦？

这首诗是李绅在寺庙里读书的时候写的。那是一年夏天，天气特别热，中午的时候在屋子里读书，不一会儿就会出一身大汗，李绅便跑到小山坡的树荫下休息。往山下看去，他正好看见农田里的一位老人正拿着锄头在为禾苗松土，老人弯着腰，面朝黄土背朝天，正午的太阳照着他，汗水把衣服都湿透了，头上的汗一滴一滴地滴到土地里。李绅就想："我们平时吃的饭，一粒一粒的米饭，可都是农民们这样辛辛苦苦种出

来的啊！"

　　吕温看了这首诗，就称赞说："李绅这个人不得了，不仅有才华，还能为贫困的百姓着想，以后一定能成为一位为国为民的好官员。"后来，李绅果然当了宰相，而宰相是古代最高的官职。

　　李绅还没有做官的时候，生活非常贫苦，也很节约。可是后来当了官，却和以前不一样了。诗人刘禹锡有一次来到首都长安，李绅得知刘禹锡写诗写得非常好，就邀请他来家中做客，在家里办了特别豪华的宴会，宴会上山珍海味应有尽有，还有漂亮的歌女来唱歌跳舞供他们观赏。

　　刘禹锡看到这样的场景，就写了一首诗，诗中有一句是这样说的："司空见惯浑闲事，断尽苏州刺史肠。""司空"是古代的一个官职名称，主要掌管水利建设等工程，因为李绅当时任司空一职，所以刘禹锡就把他叫作李司空。"刺史"呢？也是一个官职，因为刘禹锡那时在苏州担任刺史，所以就说自己是苏州刺史。他说："李绅对这样奢华、浪费的生活早已经习惯了，不再是以前那个勤俭节约、同情劳苦百姓的李绅了，看来官场上的风气已经腐化了，没有人还关心民生疾苦，看到这个样子，

我好痛心、好悲伤啊！悲伤得好像肠子断了一样。"

"司空见惯"这个成语，就是从刘禹锡的这首诗中得来的，它表示对某种事物见得多了，就习以为常了。

这首《悯农》特别有名，几乎会说汉语的人都会背诵，但是很少有人了解他的作者。也许就是因为李绅最后变了，当了大官就变得不再关心贫苦的百姓了，所以人们也就渐渐忘记了他。

5. 诗仙在长安的那些事儿（上）（唐·李白《清平调》）

清平调

云想衣裳花想容，春风拂槛露华浓。

若非群玉山头见，会向瑶台月下逢。

【注释】

①清平调：古时一种歌曲的曲调；②槛（jiàn）：这是个多音字，是栏杆的意思；③群玉山：神话中的一座仙山，传说那是天上王母娘娘住的地方；④瑶台：传说中神仙住的地方。

李白在四十二岁的时候终于接到了皇帝唐玄宗的诏书，要邀请他去首都长安。拿到皇帝的邀请函后，李白别提心里多高兴了。他想着，如

今自己已经是名满天下的诗人了，这一次受到皇帝召见，肯定是因为皇帝欣赏自己的才华，一定会把自己留在首都做官。等了这么多年，自己终于可以实现理想，施展才能，辅佐君王治理天下了。

这时候李白正在山东，他赶紧准备好包袱踏上了去长安的路途，还作了一首诗，其中有一句特别有名，叫："仰天大笑出门去，我辈岂是蓬蒿人！"意思就是，李白大笑着走出门去，向别人说："我李白岂是那种胸无大志的平凡之人？我一定要在首都干一番大事业。""蓬蒿人"指的就是没有大志向的平常人。

可是等到李白走了很久到了长安城的时候，皇帝因为很忙就暂时忘了要召见他的事情。没有办法，他只能先在长安城里找了一家酒店住下。虽然皇帝忘记了李白，可是有一个人没有忘记他。他是谁呢？就是当时有名的诗人贺知章，他在朝廷里担任大官，十分欣赏李白的诗，以前总是读，但没见过真人，一听说李白来到长安了，就赶紧四处打听李白入住的酒店，前去拜访。

贺知章知道李白很喜欢喝酒，就约上了李白，俩人一起来到一家大饭店喝酒聊天。贺知章一见到李白就说道："久闻大名，今天终于见到了你。不知道你最近写了什么诗没有，能不能拿出来让我欣赏一下啊？"

李白很爽快地把一首自己不久前才创作出但还没有发表的诗《蜀道难》拿了出来。这是首长诗，一共有二百九十四个字。

贺知章一口气读完了李白这首长诗，惊叹不已地说道："简直太棒了！我看只有神仙才能写出这样的诗篇来，你就是个'谪仙人'。""谪仙人"的意思就是被贬下凡的神仙。后来也因为贺知章的这句称赞，人们就都把李白叫作"诗仙"了。

读完了诗，贺知章就和李白喝起酒来。说起喝酒，贺知章和李白可都是酒量很大的人，他们一杯又一杯地喝，一边聊着诗文，一边畅饮，一直从傍晚喝到夜里，一直到酒店的服务员说我们要关门了，两个人这才准备回家去。

可是到了结账的时候，贺知章一掏口袋："糟了，今天出门怎么忘带钱了？"于是随手就解下了身上所佩戴的金龟准备支付酒钱。唐代规定，官员要佩戴龟袋作为装饰，三品以上大官员的龟袋就是用金子做的"金龟"，不仅很值钱，而且是皇帝赐的物品，十分宝贵。这个东西可是不能随便给别人的。

李白看到后赶忙说道："这么贵重的东西怎么能用来付酒钱呢？"

贺知章挥挥手，毫不在意地说："没有关系的。"便拉着李白走出了酒店。

这个故事就叫作"金龟换酒"，贺知章和李白也因此成了忘年之交。

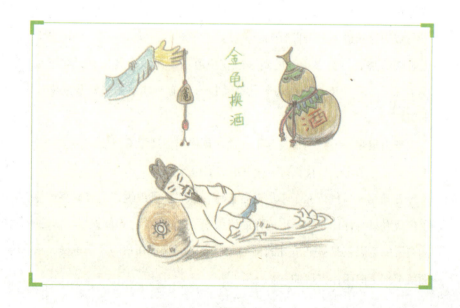

什么叫作"忘年之交"呢？一般我们相同年龄的人很容易成为比较要好的好朋友，忘年之交就是年龄不相当的两个人成了特别好的好朋友。贺知章比李白要大四十三岁，都可以当李白的爷爷了。所以贺知章和李白的友情就叫作忘年之交。

贺知章成了李白的好朋友，第二天进了皇宫就赶紧向皇帝好好地推荐了一番李白。他对唐玄宗说："李白的诗写得简直太棒了，比起我不知道要强多少倍。"唐玄宗这才想起要召见李白的事情，赶紧派人请李白进宫来。

李白进了皇宫，受到了特别隆重的招待。皇帝亲自去门口迎接了他，还拉着他的手说："你虽然是一个平民百姓，但是我早就听说你的名字了，你既然有这么大的名声和成就，一定是特别有才华。"唐玄宗就问起了李白很多关于文学、诗词、历史各个方面的问题，李白全都对答如流。唐玄宗特别地高兴，就赐给了李白很多珍宝，还亲自给他调制了一碗汤喝。这在当时是一种特别高的荣耀。

唐玄宗直接就任命李白做了翰林待诏。这是个什么官啊？待诏啊，就是等待皇帝召唤的意思；"翰林"是当时的一个部门，叫作翰林院，这个部门有很多皇帝的顾问，有特别擅长写文章的，也有特别擅长绘画书法的，还有什么下棋、弹琴特别优秀的，皇帝平时有个什么事情需要他们做，或者有什么问题需要请教了，就会来找这些顾问。李白就是这里面的一个顾问。

这一年四月底，阳光明媚，唐玄宗带着杨贵妃来到大花园里赏花。这个大花园叫兴庆宫，是当时皇帝专门用来游玩的地方。现在西安还有这个地方，但是已经成了大家都能去的公园了，就叫作兴庆宫公园。兴庆宫里有一座沉香亭，这座亭子前种了一大片牡丹花与芍药花，这个时候正好是花朵盛放的季节，红的、白的、粉的、黄的，特别漂亮。唐玄

宗和杨贵妃就一起漫步在沉香亭前，欣赏着眼前的美景。不一会儿，两个人走累了，便坐在沉香亭中。唐玄宗就召唤身边的音乐家和舞女们，来为他们歌舞一曲。

歌曲刚刚弹奏起来，唐玄宗就摆了摆手，说："今天赏牡丹，有美景，有美人，怎么能唱以前的老歌曲呢？你们快去，把李白叫来，叫他写一首新的歌词，你们再来演唱。"

李白很爱喝酒，这个时候他还在长安大街上的酒店喝酒呢，而且都喝得有些醉了。被派出找他的人没有办法，就赶紧搀扶着他来到了沉香亭前，李白醉着酒没看见脚下的石头，差点就摔了个跟头。唐玄宗一看李白醉了，这可怎么写歌词啊？就赶紧叫人来帮李白醒醒酒。

宫人们一边给李白的脸上泼水，唐玄宗一边说："你看看这里牡丹开得多漂亮，我和贵妃娘娘都很高兴，那些旧歌我早就听着厌烦了，你快写几首新的歌词来，好让他们谱曲唱歌。"

李白抬起头，看着满园盛开的牡丹，又看了看身边的贵妃娘娘，取过皇帝赠给他的金花笺——"金花笺"就是一种洒有泥金的笺纸——大笔一挥，很快就完成了三首新《清平调》。这三首以第一首最出名：

> 云想衣裳花想容，春风拂槛露华浓。
> 若非群玉山头见，会向瑶台月下逢。

这首诗赞美了杨贵妃的美貌。杨贵妃的名字叫作杨玉环，她是中国古代的四大美女之一，关于她还有一个典故叫"羞花"。为什么叫作"羞花"呢？传说，杨玉环才进宫的时候特别思念家乡。有一次她看着皇宫里的花朵就哭了起来，一边哭一边摸着一朵花的花瓣，哪知道花瓣立即

就收缩了，连绿叶也卷起并低下了头。其实她摸的或许是一株含羞草呢。这件事被当时一个路过的宫女看到了，宫女就到处说，杨玉环和花比美，连花儿都害羞地低下了头，这就是"羞花"这个称号的由来。

李白怎么描写杨贵妃的美貌啊？他说：天上的云彩好似她华丽的衣服，地上美丽的花儿好似她漂亮的容貌，春风吹着栏杆，花瓣上还留着露珠。这么漂亮的美人，这么美丽的风景，恐怕只有在天上的群玉山和月下的瑶台才能看见吧。

李白写完后，把笔一放，就又醉倒在椅子上睡着了。唐玄宗拿起李白写的歌词，和杨贵妃一起读，读完后连声称赞："好诗！好诗！快，你们快去谱曲准备演唱。"贵妃看见李白竟然把她和牡丹与仙子相提并论，也是十分开心。

这一天，唐玄宗和杨贵妃就在沉香亭前欣赏着根据李白的新词所编写的歌舞，玩得十分高兴。

饮中八仙歌（节选）

李白斗酒诗百篇，长安市上酒家眠。

天子呼来不上船，自称臣是酒中仙。

【注释】

①斗：是古代的一种喝酒的工具；②天子：皇帝；③呼：召唤。

在唐玄宗时期，长安城来了一位渤海国的使者，他带着一封国书来拜见唐朝皇帝。

唐玄宗打开国书一看，发现那上面所写的竟然都是渤海国的文字，他一个字都不认识，于是赶紧叫来文武百官和几个学士前来翻译这封国书。结果大家看后都摇了摇头说："啊呀，我们学识实在太浅薄了，这些文字一个都不认识。"

唐玄宗听后就非常生气，大声说道："你们这些人没有一个是饱学之士，谁也不能为国家分忧解难。居然连一封小国的国书都认不出来，那怎么让使者回国回话呢？难道要让他们耻笑我大唐王朝吗？"

这个时候突然有人跟皇帝说："李白，李翰林，他博学多识，一定认得这上面的字。"于是，唐玄宗赶紧派人去召李白到大殿上来。

李白走进大殿，皇帝把国书拿给他说："现在这有一封渤海国的国书，没有人能读懂，所以特地叫你过来，希望你能为国家分忧。"

李白谢过皇帝，拿着国书便翻译起来，把那些看不懂的文字全都用流利的长安话翻译出来。原来啊，在这封信上，渤海国的国王要皇帝把高丽 176 个城池割让给它，如果不答应，就发动战争。

听完之后，皇帝更是发愁了，他问满朝官员："我们该怎样回答使者呢？"结果大家都默不作声，也不知道怎么样好。

李白这个时候又说："皇上尽管放心，等到你明天召见使者，我会当面回答他，也用他们国家的语言，一定要让他们知道我们大唐王朝的厉害。"

皇帝见李白这么自信，高兴极了，当天就设宴款待了李白。李白特别爱喝酒，当时他可是长安城里八个最能喝酒的文人学士之一，这八个人在一起就叫作"饮中八仙"。结果，当天晚上李白就喝了个大醉。

第二天一早，李白还迷迷糊糊没有清醒，就被人拉着进了大殿。不一会儿皇帝召见使者，李白便穿着紫衣，戴着纱帽，飘飘然就像神仙驾临人间一样，双手捧着国书，站在大殿上朗读起来，读得十分流畅，一字不差。使者十分吃惊，他不知道这里居然还有如此精通他们国家文字的高人。正在奇怪呢，就听见李白大声说道："小小渤海国，竟敢如此无礼，看不起我大唐王朝。皇上圣明，宽大为怀，不与你们小人计较。现在皇上有诏在此，请使者仔细听好。"

皇帝叫人准备好了笔墨纸砚，又抬来铺着漂亮绸缎的豪华桌椅，便叫李白来写诏书。李白一看，说道："我的靴子不太干净，恐怕弄脏了这样漂亮的桌椅，请皇上让我脱了鞋袜上去。另外，还恳请皇上吩咐大宰相杨国忠替我捧砚磨墨，大将军高力士替我脱鞋袜。只有这样，我才能精神抖擞，写好回信。"

为什么李白偏偏叫杨国忠和高力士啊？因为杨国忠和高力士都是皇帝身边的红人，平时他们俩就仗着自己权高位重，总是霸道横行，欺负别人。这一次李白就是想专门整整他们，好为被他们欺负过的人出出气。

使者还等着回信，皇帝就只好同意了李白的要求，叫"杨国忠捧砚，高力士脱靴"。李白就这样，享受着大宰相为他捧砚台、大将军给他脱鞋袜的高级待遇，顺利完成了诏书。

从这以后，李白不仅因为才华出众而特别出名，还因为不害怕那些有权有势的大官们，被人们尊敬。唐朝大诗人杜甫就给"饮中八仙"写过一首诗，其中提到李白的那几句是这样写的：

李白斗酒诗百篇，长安市上酒家眠。

天子呼来不上船，自称臣是酒中仙。

杜甫说，李白经常边喝酒边写诗，喝下一斗酒就能写出一百篇诗，真是有才华。他有时候喝酒喝醉了，就直接在长安城里的酒店里睡觉。这个时候，就是皇帝叫他上船，他也不害怕，也不急着赶过去，而是大喊着："我是酒中的神仙。"

7. 李白的白头发（唐·李白《秋浦歌》）

秋浦歌

白发三千丈，缘愁似个长。

不知明镜里，何处得秋霜。

【注释】

①丈：长度单位，一丈约等于 3 米，"三千丈"在这里是一种夸张的说法；②缘：因为；③秋霜：在这里指白发。

李白在长安城里仅仅做了两年的翰林供奉就离开了。这是为什么呢？有人说是因为李白让高力士与杨国忠为他捧砚脱靴，得罪了朝廷里的大官们，他们就在皇帝面前说他的坏话，让皇帝把李白赶走；也有人说是因为李白一心想为国家干一番大事，可是皇帝却总是只让他写写诗

歌娱乐一下，他觉得自己得不到重用就失望地离开了。无论是什么原因，这年春天，李白就给皇帝提交了自己的辞职报告，皇帝也批准了，还赏赐给了他一笔钱，之后便让这位"诗仙"离开了长安。

离开皇宫的李白又开始过上了之前壮游的日子，他北上南下，就这样一直云游天下，四海为家。这期间他还碰见了比他小十一岁的杜甫，两人结成旅伴一起去了山东游玩，一边游览名胜古迹一边交流写诗。

就这样壮游了十年，李白来到了秋浦这个地方，就是现在安徽省池州市贵池区，这个时候李白已经五十多岁了。

这大晚上，他坐在窗边，想着自己都已经五十多岁了，当初意气风发地进入长安城、进入皇宫，一心想着终于可以实现自己造福天下的理想了，可是谁知道理想最终还是没能实现。他打开窗口，眺望着长安城的方向，就悲伤起来。游秋浦的这段日子里，他每日白天出门看着美丽的风景，还能暂时忘了忧愁，可是一到晚上，他就失眠，忧心忡忡。

夜深人静了，李白还是没有睡着，就想起了古代的两个名人。一个是春秋时期的宁戚。宁戚很有才华，他听说当时齐国的大王齐桓公特别重视人才、爱惜人才，就想到齐国谋求官职。可是他很穷困，找不到大官员来举荐自己。于是他就替商人赶货车来到齐国，晚上露宿在城门外。有一天，齐桓公要到郊外迎接客人，夜里就打开了城门，让路上的货车避开。宁戚这个时候正好在给牛喂草，一看到齐桓公出城了，就拍打着牛角大声唱起歌来，他唱道："南山灿，白石烂……生不逢尧与舜禅……长夜漫漫何时旦！"意思就是，我没有生在尧舜这样的好君主的年代，这么漫长的黑夜就只能喂牛，什么时候天才亮啊，什么时候好的君主才能看到我这个人才啊。齐桓公听到歌声后，觉得这个人一定不简单，就把他带回了城里，经过一番考察，发现他确实是个治理国家的人才，便封他做了大官。

另外一个人是战国时期的苏秦。苏秦是一个特别优秀的谋士，他曾经十次向秦国的秦惠王提出建议，可是秦惠王都没有采纳，到最后，苏秦自己身上穿的黑貂大衣都破了，钱也花光了，还是没有成功，就只得落魄地离开了秦国。

李白就想，自己现在不就像当初的苏秦一样吗，失落地离开了长安城。我怎么没能像宁戚那样得到君王的赏识呢？于是提笔写下两句诗："空吟白石烂，泪满黑貂裘。"

第二天，天蒙蒙亮，没睡一会儿的李白就起床了。他洗了一把脸便坐在了镜子旁边梳头，才拿起梳子，他就发现怎么自己的头上生出了许多的白发啊？前几天还没有呢。心想着："唉，一定是自己这些天失眠，总是发愁，愁得长出了白头发。"于是又提笔写下一首诗：

白发三千丈，缘愁似个长。

不知明镜里，何处得秋霜。

后来李白把自己在秋浦所写的十七首诗汇集在了一起，就叫作《秋浦歌》，上面这首便是其中第十五首。

8. 古代最难的考试（唐·孟郊《登科后》）

登科后

昔日龌龊不足夸，今朝放荡思无涯。

春风得意马蹄疾，一日看尽长安花。

【注释】

①昔日：以前；②龌龊：指不如意的时候，在这里指以前孟郊总是考试失败的时候；③不足夸：不值得一提；④放荡：自由自在，不受约束；⑤思无涯：在这里指自己非常高兴，高兴地想东想西，思绪开阔；⑥疾：快。

唐代诗人孟郊参加了很多次科举考试，一直到四十六岁的时候才终于通过了进士考试。"进士科"是当时的一门考试科目，这个科目特别难，有多难呢？有人这样形容它，说："三十老明经，五十少进士。""明经"也是当时的一门考试科目。这句话的意思就是，三十岁你才考过明经，就算学得差了，因为很多人更年轻时就通过了这门考试；但是如果

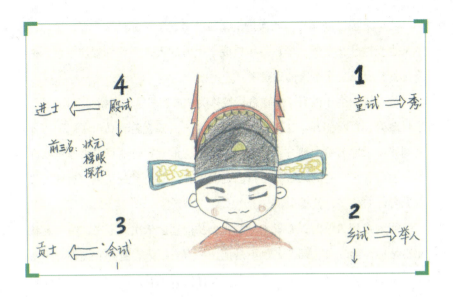

五十岁你才考过了进士，就算学得好，因为很多人六七十岁了都还没能通过这门考试。

唐朝另外一个大诗人白居易，二十七岁第一次考进士就通过了这门最难的科目。当时他们这一批考过的考生曾一起去大雁塔游玩并留下自己的名字，白居易骄傲地说："慈恩塔下题名处，十七人中最少年。"他是那一年考上进士的人中最年轻的一个。

唐朝科举考试常用的方法主要有四种。第一种叫"帖经"，就是把经书中的某一句话遮挡起来，让你填上，就好像现在考试中的填空题一样；第二种叫"墨义"，这就要求你不仅会背诵并默写经书典籍中的语句，还要能说出它们的意思，相当于现在考试中的注释和问答题；第三种叫"策问"，就是现在的命题作文，主题一般是具体的国家事务，要求你写出自己的看法，提出一些实质性的建议；第四种是"诗赋"，要考你的文学修养和水平。

　　孟郊之前已经参加过两次进士科目的考试了，都没有考上，这一次本来也没抱什么希望，毕竟每年有成千上万的人来到首都参加考试，最终也就只有二三十个人能通过考试。

　　公布录取名单的日子，在古代被称为"放榜日"，唐朝时多在春天，暖日融融，百花盛开。这天，天还没有亮，孟郊就骑着马出了门。等他来到张贴录取名单的地方，发现很多考生比他到得还要早，大家都挤在名单前看名字，有的人看见了自己的名字，高兴得又蹦又跳；有的人没看见自己的名字，就垂头丧气。

　　孟郊走到名单前，心里十分紧张，从前往后依次看下来，第一名状元不是他，第二名、第三名也不是他，一直看下来，看到后面他突然看见"孟郊"两个字，心中一阵欢喜，又仔细看了看，没错，就是他的名字，他考上了进士！

　　孟郊高兴地骑上马，一路快跑回家，在马背上就吟起了一首诗《登科后》：

昔日龌龊不足夸，今朝放荡思无涯。
春风得意马蹄疾，一日看尽长安花。

　　孟郊考上了进士，高兴地在路上骑着大马，他得意扬扬地觉得一切都很美好，吹着春风，晒着暖阳，骑着轻快的马儿，好像一天就能看遍长安城里所有美丽的花朵。

　　因为这首诗还诞生了两个成语：一个是"春风得意"，用来形容一个人做事情特别顺利，事业有成；还有一个是"走马观花"，在奔跑的马上看花肯定没办法仔细看清楚，这个成语的意思就是大概地了解一下。

9. 长大后不要当书呆子（宋·陆游《冬夜读书示子聿》）

冬夜读书示子聿

古人学问无遗力，少壮工夫老始成。

纸上得来终觉浅，绝知此事要躬行。

【注释】

①示：指示；②遗：保留，存留；③始：才；④浅：肤浅，浅薄；⑤绝知：深入、透彻的理解；⑥躬行：亲身实践。

陆游，是南宋的著名诗人，他特别爱写诗，喝茶的时候要写首诗，欣赏风景也要写首诗，就算是一个人发呆的时候突然想起了什么，也要赶紧写首诗表达一下自己的感情。在他快八十岁的时候，有一次整理自己的诗稿，一数，自己从十七八岁开始学写诗，到现在居然已经写了有一万首了，他就很自豪地写道："脱巾莫叹发成丝，六十年间万首诗。"就是说，脱下头巾看着自己的头发都变白了，不要感叹时间过得怎么这么快啊，六十年的时间我可写了有一万首诗呢。六十年，一万首，比唐代诗歌冠军白居易的三千多首还多两倍多，算下来陆游平均两天就要写一首诗，是一个勤劳创作的诗人。

但是说起历史上写诗最多的人，那也不是陆游，而是清朝的乾隆皇帝。他一生究竟写了多少首诗啊？有人说是三万九千多首，也有人说是

四万多首。但是不管是哪个数，都几乎赶得上《全唐诗》的数了。跟他比起来，陆游就只能做第二名了。但是因为乾隆的诗作普遍质量不高，所以没有人把他当作诗人，现在大家说起古代写诗最多的诗人，那还是陆游。

陆游十分重视对孩子的教育，给他的孩子们写过很多诗，来教育他们怎么读书、怎么做人。

有一年冬天，夜已经很深了，七十多岁的陆游还一个人在书房里点着蜡烛读书，窗外的寒风呼呼地吹着窗户，陆游看书看得入迷，竟然一点儿也没觉得冷。其他人早就进被窝里暖暖和和睡觉了，只有他还一点儿不困，在灯下认真地读书。读着读着，他就突然想起了自己最小的儿子子聿，他想着："这个小儿子最小，现在正是要读书的年纪，不如我把自己这么多年读书的心得写成诗给他，教育他怎么读书吧。"于是他铺开纸，提起笔便开始写：

古人学问无遗力，少壮工夫老始成。
纸上得来终觉浅，绝知此事要躬行。

陆游对儿子说："古人做学问总是用尽全力，一点儿都不保留，特别地努力，青少年的时候要十分用功，到了一定年龄才能有所成就。我们从书本上得来的知识毕竟是浅显和有限的，要想真正学到本事、理解书中的知识，必须要亲身实践才可以。"

为什么书本上的知识不够啊？那就要说起一个典故，叫作"纸上谈兵"。

战国的时候，赵国的大将军赵奢有一个儿子叫作赵括，他熟读兵书，能把兵书背得滚瓜烂熟，一字不差。在和别人讨论军事的时候，也总能说得头头是道，谁都难不住他。

后来，秦国攻打赵国，大将军赵奢已经去世了，赵国就派了另外一个经验丰富的老将军廉颇去打仗。廉颇在两国边界修了高高的城楼坚守着，不让秦军进来。于是秦军就一直没有机会攻打赵国。再后来，赵国的君主把赵括换去代替了廉颇，结果赵括就拿着兵书，按照书上所说的，一去便带着部队和秦军打，最终几十万的大军被秦军团团围住。平日熟读兵法的赵括，这时一点儿办法也没有了，急得像热锅上的蚂蚁，最后自己也被乱箭射死，赵国的四十万大军因此全军覆没。因为赵括只知道按照兵书上写的去谈论打仗，根本不懂得分析实际的战争情况，所以只会失败。

古时候还有一句俗语是这样说的："上山才知山高低，下水才知水深浅。"就是说你只有亲自去登山，才能知道这座山究竟有多高；只有亲自踏进河水里，才知道这条河的水是深还是浅。

陆游写这首诗就是要告诉儿子，不能只是死读书，而要亲自去做，这才是最重要的。

10. 吃鱼不忘打鱼人（宋·范仲淹《江上渔者》）

江上渔者

江上往来人，但爱鲈鱼美。

君看一叶舟，出没风波里。

【注释】

①渔者：捕鱼的人；②但：只；③一叶舟：渔船很小，在江面上漂浮着就好像是一片树叶漂在水上；④出没：若隐若现；⑤风波：风浪。

范仲淹从小读书就十分刻苦，他经常去附近长山上的醴泉寺寄宿读书。那时候，生活比较贫苦，他就每天只煮一碗稠粥，等粥凉了，就用筷子在中间划上一个"十"字，分成四块，早上和晚上各取两块，拌上

几根咸菜吃，就这样在寺庙里读了几年的书。后来人们就根据他刻苦读书的故事创作了一个词语——"划粥割齑"，"齑"的意思是捣碎的姜、蒜、韭菜等，这个成语就是用来形容一个人学习十分刻苦的。

有一天，范仲淹在松江上划船游玩。他站在船头眺望着江面的风景，看到远处的江面上有几只渔船，渔民们正在船头上撒网捕鱼，一会儿风浪来了，小船就被吹着左右摇摆，晃晃悠悠，船头的人要是站不好就会一不小心跌进江水之中。他还看到离岸边不远处还有一艘豪华的大船，那是专供人游玩的游览船，在上面可以观光，还可以吃到现场打捞上来的新鲜鲈鱼。

一面是渔民们冒着重重危险打鱼，一面是游玩的人们在品尝美味的鲈鱼，范仲淹感慨万分，写下了一首《江上渔者》：

江上往来人，但爱鲈鱼美。

君看一叶舟，出没风波里。

范仲淹说吃鱼的人只知道鲈鱼好吃，却不知道打鱼人既辛苦又危险啊。

在范仲淹年轻的时候，有一次他和几个朋友上街，正巧遇到了一个算命先生，他就问算命先生："你算算我的命，看我能不能做宰相？"宰相可是古时候最大的官。

算命先生一听他这么大的口气，就笑了笑说："你太夸大了。"意思是当不了的。

然后范仲淹又问道："那你给我算算，看我可不可以做医生？"

算命先生奇怪地说："你怎么从宰相一下就跳到了医生？这也差得太远了吧。"

范仲淹就说："在这个世界上，只有宰相和医生能够救人啊。如果能做宰相，就可以辅佐皇帝治理国家、造福天下，让百姓们安居乐业；如果做不了呢，做个技艺高超的医生也很好，可以为穷苦的百姓治病。"

算命先生一听他这么说，心生敬佩，对他说道："你有这种心胸，以后会做宰相的。"后人就把这个故事叫作"不为良相，便为良医"，意思就是不做个好宰相就做个好医生。

后来范仲淹真的做了官，而且最高的时候还真的就做到了相当于副宰相的职位。虽然位高权重，但是他的生活却一直都没有改变，还是十分勤俭，而且不忘关心贫苦的人民，他用自己做官的工资救助了三百多个生活困难的人呢。

11. 李白墓前的题诗（明·梅之焕《题李白墓》）

题李白墓

采石江边一抔土，李白诗名耀千古。
来的去的题两行，鲁班门前弄大斧！

【注释】

①李白墓：位于安徽省马鞍山市当涂县城东南的青山西麓；②采石江：指采石矶处的长江，在安徽省马鞍山市，传说李白淹死的地方；③一抔土：一把土。

民间传说，李白是在安徽省采石矶处的长江淹死的。据说李白晚年的时候，有一次到了安徽，在采石矶的一座酒楼上喝酒。这天正好是农历十五，就是月圆之夜。到了晚上，他一个人独自坐在酒楼上，一边赏月，一边喝酒，一边吟诗。李白特别喜爱月亮，有人做过统计，说在他所写的诗篇里，光是写月亮的诗句就有三百多。

他抬起头，看着又圆又亮的月亮，心里特别高兴，还幻想着和月亮在天上对饮。李白喝着喝着就有些醉了，到了半夜，他晃晃悠悠地走下楼，走到了一座桥上。刚走上桥，一低头，突然看见水里月亮的影子。江水一动，洁白的月影上就有几道波纹。李白喝得醉醺醺的，以为月亮掉进了江里，被江水弄脏了。这下他可着急了，自己的好朋友那么美丽

洁白，怎么能弄脏呢？他也顾不上脱鞋，伸开双手就跳下桥去捞月亮。这怎么可能捞上月亮呢？李白就这样摔进江水里淹死了。

李白死后，大家就在采石矶为他修建了一座墓。

因为李白被人们誉为"诗仙"，特别出名，所以从古到今，许许多多的人都慕名来到他的墓前，拜祭这位大才子。这其中自然也有很多喜欢写诗、喜欢文学的人，他们来到李白的墓前，感慨万千，有些人就在上面题诗。于是，李白的墓前就被越来越多的人写上一首又一首诗。到了明朝的时候，有一位叫梅之焕的文人，十分钦佩李白的诗才，也来到了李白墓前。可是当他来到墓前时，却看到墓上写满了后来人的诗句，有些诗句还写得特别差，于是非常生气，就补了一首《题李白墓》：

采石江边一抔土，李白诗名耀千古。
来的去的题两行，鲁班门前弄大斧！

梅之焕是在讽刺那些题诗者们竟然在大诗人李白面前卖弄自己的文采，简直是丢人丢到家了。从此以后，来李白墓参观的人们见到了这首诗便都不好意思再在上面题诗了。

"鲁班门前弄大斧"这句俗语来自古代的一则故事。鲁班是战国时期的鲁国人，他是一个非常有名的木匠，特别善于制作精美巧妙的器具。后来民间便将他作为木匠的祖师爷来供奉。

有一天，一个很年轻的木匠走到了一个大红门的房子跟前，举起自己手里的斧子就向周围的人炫耀起来，说道："我这把斧子，别看它不起眼，可不管是什么木料，只要到了我的手里，用我的斧头这么弄两下，就能做出一件漂亮无比的东西来。"

旁边的人听了，觉得他太能吹牛了，就指着身后的大红门说："小师傅，那你看看，能做出比这扇门还好的门吗？"

年轻的木匠看了一眼，就傲慢地说："不是我吹牛，告诉你们，我曾经可是鲁班的弟子，难道还做不出这样一扇简单的大门来吗？简直是笑话。"

大家听他这样一说，全都忍不住大笑起来，说："这就是鲁班先生的家啊，这扇门可是他亲手做的，你真的能做出比这扇门还好的门吗？"

那位年轻的木匠一听，知道自己吹牛露了馅儿，赶忙不好意思地跑掉了。

这位年轻的木匠居然在鲁班门前卖弄起使用斧子的技术，简直是太不谦虚、太可笑了。于是后来人们就用"班门弄斧"这个成语来形容在行家面前卖弄本领，不自量力的行为。

12. 文学家兼美食家——袁枚（清·袁枚《所见》）

所 见

牧童骑黄牛，歌声振林樾。

意欲捕鸣蝉，忽然闭口立。

【注释】

①所见：亲眼看见；②樾：树荫。

古代有许多的文学家，不仅文笔出众、能写会书，对"吃"也很有研究。像是北宋大文豪苏东坡，就很喜欢发现美食、创造美食，鼎鼎大名的杭州名菜"东坡肉"就是他发明的。但是要说文学界里最有名的美食家，那就要算是清代的大才子袁枚了。

袁枚是浙江人，他与清代当时的大才子纪晓岚齐名，因为纪晓岚是河北人，人们就把他们俩称作"南袁北纪"。袁枚年轻的时候一直做官，但是他喜欢自由自在、随心所欲的生活，便在南京的小仓山买下了一处别墅，把它精心装修了一番，在里面修上小桥流水、小山石路，起了个名字叫作"随园"。随园可是当时江南地区有名的一座园林。厌恶了官场生活的袁枚后来辞去官职在这里居住了下来，自称仓山居士、随园老人。

他在随园过了近五十年的悠闲生活，平日里除了读书、写诗、作文章，最大的爱好就是搜罗并研究各种各样的美食然后品评一番。于是他

在随园里创作了两本特别著名的书，一本叫作《随园诗话》，一本叫作《随园食单》。

《随园诗话》都是些关于诗的各个方面的文章，有评论一首诗歌的，有记录诗人故事的，等等。因为袁枚写诗写得特别棒，被人们称为当时的"诗坛盟主"，许多诗人都拿着自己的诗稿前去随园请他指点，他就认真地阅读、点评、总结、记录，几十年后便写成了《随园诗话》。

袁枚对待"吃"特别认真，每次他在别人家吃到什么好吃的菜肴，就会派自己家里的厨师前去学习，记录下做法，回来加以研究。袁枚家中的厨师叫作王小余，传说他做的饭，十步之外的人闻到香味都会流口水。很多官员、有钱人家都想出重金把他请走，给自己家做饭，可是王小余都没有去。有人就问他："以你这样的才能，不在豪门官衙里当厨师，反而在随园里待着，为什么啊？"

王小余说："我尽力用心地为人做饭，端上一道饭菜也连带着端上

我的一片心，可是世上那些人只知道一个劲儿地吃，一个劲儿地说好吃，这样我的技艺只会逐渐退步。而现在随园的主人有时候品尝了我的饭菜虽然会严厉地批评我，甚至训斥我，但是他这样是为了让我的技艺逐渐提升啊。所谓知己，就是不只能了解我的长处，同时也能知道我的短处。所以我就在这里终老吧。"

后来王小余去世了，袁枚十分伤心，每次吃饭都会想起他，就写了一篇传记专门纪念他的这位厨师。于是，王小余也就成为中国古代唯一一个拥有传记的厨师。最终，袁枚花了四十年的时间写成了《随园食单》，里面记载了三百二十六种南北菜肴、饭点，从山珍海味到小饭粥菜，应有尽有，还详细介绍了当时的美酒和名茶，是我们国家历史上非常重要的饮食名著。

袁枚喜欢自由自在的隐居生活，他所写的诗也充满了自由气息，他曾写过一首诗，名为《所见》：

牧童骑黄牛，歌声振林樾。
意欲捕鸣蝉，忽然闭口立。

这首诗描述的是一个乡野小场景：一个小牧童骑着牛唱着歌，突然看见树上鸣叫的蝉，他想捕捉这只蝉，又害怕自己的歌声吵到蝉，把它吓跑，就突然闭口不再唱歌了。

我们前面讲过的诗人有山水田园派、苦吟派，袁枚呢？他是"性灵派"最主要的代表人物。什么叫作"性灵派"？就是说写诗要表达自己真实的情感，要活泼自由，而不要为了写诗，刻意地去模仿古代有名的诗人，用很多华丽的词汇、优美的句子。这首《所见》就是袁枚根据他看见的一件平凡小事写成的诗歌，是一个真实的小场景，也一样趣味十足。

第三章 风起云涌战沙场

在尘土飞扬、万马奔腾的战场上，有英勇善战的将军，有聪明机智的谋士，有杀敌报国的志士，还有诗人们所谱写的一首首悲壮之诗。

1. 天苍苍，野茫茫（北朝乐府《敕勒歌》）

敕勒歌

敕勒川，阴山下。天似穹庐，笼盖四野。

天苍苍，野茫茫，风吹草低见牛羊。

【注释】

①敕勒（chì lè）：古代少数民族名；②阴山：在今内蒙古自治区北部；③穹庐（qióng lú）：用毡布搭成的帐篷，就是蒙古包。④见（xiàn）：同"现"，显露。

南北朝是中国古代的一个历史时期。在这段时期里，在南方和北方都出现了一些小国家，而这些小国家也不断地在变化，一会儿这个把那个打败了，一会儿那个又把这个打败了，新皇帝上来了就要给国家换个名字，所以这些小国家的名字也不停地变换。

其中有一段时间，北方的两个国家东魏和西魏经常打仗。东魏的丞相高欢有一次率领着十万士兵去攻打西魏的一个城市，这个城市叫玉璧城，就在今天的山西省运城市稷山县。攻打下这个城市，就可以直接进入西魏了。高欢一心想打败西魏，然后将东魏和西魏统一起来。

这时候在玉璧城守卫的将领韦孝宽手上只有不足一万的士兵。十万

人对一万人，高欢想着这场仗自己肯定赢定了。韦孝宽派了人在城中的高楼上昼夜瞭望，严密防守。他看见高欢的士兵们在挖地道，就赶紧让士兵们在城内也挖地道，在地道里放上柴草，等高欢的士兵们从地道进来就立刻抓住或者放火烧死。高欢又命人赶造木制的战车准备攻城，韦孝宽就赶紧派人缝制了特别结实的大厚布，把战车直接挡住，让它们动弹不得。高欢又在战车上绑上竹竿，浇上油点着火，去焚烧阻挡战车的布，韦孝宽就让士兵们做好铁钩，在钩子上安上刀刃，火竿一过来，就在很远的地方把它斩断。后来高欢抓到了韦孝宽的侄儿，把他捆绑到城下，把刀架在他的脖子上，向城中的韦孝宽高喊："你要是不投降，我就要杀死他。"韦孝宽慷慨激昂，大义凛然，誓死要与玉璧城共存亡，绝不投降。

给孝子的 古诗故事

　　不管高欢用什么方法攻城，韦孝宽都能找到办法对付他。就这样，这场仗一直打了五十多天，不仅玉璧城没有攻下，东魏还死伤了七万多的士兵，士兵的尸体就在城外堆起来，像山一样高。

　　天气也开始越来越冷了，带来的粮食也快吃完了，没有办法，高欢就只能带着剩下的士兵先退到附近的城市中休养。在路上，韦孝宽就派人散布消息说高欢被箭射中了，就快死了。东魏的士兵们听说了这个消息纷纷恐慌起来。

　　这天晚上，高欢就紧急召开了一个宴会，让士兵们团聚在一起，告诉将士们自己的身体很好，没有受伤。又叫自己手下的一名大将斛律金编写了一首家乡的歌曲，来鼓舞将士们的士气，斛律金便即兴演唱了一首《敕勒歌》：

　　敕勒川，阴山下。天似穹庐，笼盖四野。
　　天苍苍，野茫茫，风吹草低见牛羊。

　　敕勒是古代的一个少数民族，斛律金就是敕勒族的，高欢手下很多的士兵也都是敕勒族的。敕勒川，就是敕勒族居住的地方，在现在的山西、内蒙古一带。

　　听到斛律金唱这首歌，大家都想起了家乡，也跟着一起唱了起来，就好像从血腥的战场一下子回到了离蓝天白云很近的大草原上一样。高欢唱着唱着就想到那些跟着他一同出来打仗的士兵们，他们很多都死在了玉璧城下，再也回不到美丽的大草原了。高欢边唱边流下了眼泪。后来这首歌很快就在军营里流传开来，一直流传到

78

了今天。

一个月以后，高欢真的因为重病死了。而这场战争因为是在玉璧城打的，所以被后人们称为"玉璧之战"。这是历史上很有名的以少胜多的战役之一，韦孝宽带领了不到一万人成功打败了高欢的十万大军。

2.楚霸王的绝命曲（秦汉·项羽《垓下歌》）

垓下歌

力拔山兮气盖世。时不利兮骓不逝。
骓不逝兮可奈何！虞兮虞兮奈若何！

【注释】

①兮：古代的语气词；②骓：乌骓马，项羽的坐骑；③虞：虞姬，项羽身边的美人。

项羽被围困在垓下这个地方时曾写过一首诗歌，后人叫作《垓下歌》。

项羽被困在垓下，粮草吃完了，兵马也所剩无几，大半夜突然就听

见四面响起了楚国的歌曲，他认为楚国的土地都已经被刘邦的军队占领了，又绝望又伤心，再也睡不着觉，便起床饮酒消愁。

项羽的身边有一位美人，人们只知道她姓虞，就叫她虞姬。虞姬一路跟随着项羽征战，就是在项羽已经被困垓下走投无路的时候，也对他不离不弃，一直陪伴在他身边，她可是项羽最心爱的一位女子。

项羽还有一匹座驾，是一匹浑身黑得发亮、唯有四只蹄子洁白如雪的战马，叫作"乌骓"。据说这匹"乌骓"是当时数一数二的名马，这匹马最初被人发现时，脾气十分大，野性难驯，很多人都想骑上它，可是一上去就被摔了下来。争强好胜、不愿服输的项羽听说了，便也想试一试。他武艺高强，骑上"乌骓"，就高扬马鞭，快跑起来，穿过丛林、越过高山，这匹大马非但没有把他摔下来，反倒自己跑得汗流浃背、身疲力尽。

楚霸王项羽淡定自若地骑在马背上，忽然就用双手紧紧抱住一棵粗树干，想把这匹倔强的大马压制得动弹不得，谁知道"乌骓"也不甘示弱，拼死挣扎，结果，那棵粗树居然被连根拔起。"乌骓"在领教到项羽的厉害后，便心甘情愿地成为项羽的坐骑。

项羽看着跟随自己征战一生的美人虞姬、骏马乌骓，想着，自己走到了今天，不仅丢掉了王位，就连自己最心爱的女子和最心爱的战马都要保护不了了。他越想越伤心，便唱起了一首悲壮的歌：

力拔山兮气盖世。时不利兮骓不逝。

骓不逝兮可奈何！虞兮虞兮奈若何！

项羽说："我力气大得能把大山拔起来，豪气在世上要属第一。可是现在上天不给我有利的机会，我的名马乌骓也跑不起来了。马儿不肯奔跑我能怎么办？虞姬，虞姬，我也没办法保护你，你怎么办啊？"

项羽看着美人、看着良马，不忍心丢弃他们一个人冲出重围。虞姬听着项羽唱歌，也很悲伤，流着眼泪，一边舞剑一边也唱歌回应项羽："汉兵已略地，四方楚歌声。大王意气尽，贱妾何聊生？"虞姬说："刘邦的汉军已经攻占了楚地，四面包围我们的军队都唱起了楚地的民歌，楚地已经全被汉军占领了。大王的霸王气概已经不复存在，那我还有什么理由抛弃你，独自苟且偷生呢？"

据说后来虞姬为了让项羽逃走，不再牵挂她，唱完这支歌就自杀身亡了。在埋葬她的地方，长出了一种花，能够随风舞蹈，人们便给这种花起了个名字叫"虞美人"。

3. 大老粗皇帝也能写诗歌（秦汉·刘邦《大风歌》）

大风歌

大风起兮云飞扬，

威加海内兮归故乡，

安得猛士兮守四方。

【注释】

①兮：古代的一个语气词，就好像现在的"啊、呀"一样；②安得：怎样得到。

中国历史上写诗最多的是清代的乾隆皇帝。乾隆皇帝从小在皇宫长大，受到了良好的教育，是个文武双全的皇帝，他会写诗也不足为奇。可是这里要讲的这个皇帝，他可不一样，大家都说他是个大老粗皇帝。

为什么叫他大老粗？因为他出生在一个农民家庭，不仅没上过学，还很懒，不喜欢劳动，小的时候总被自己的父亲训斥，说："你长大以后一定不如你哥哥能干。"可是就是这样一个大老粗，日后却打败了项羽，统一了中国，建立起了大汉王朝。因为刘邦是汉朝第一个皇帝，所以大家都叫他汉高祖。当上皇帝这一年，他已经五十四岁了。

刘邦当了皇帝，就把曾经跟着自己一起打天下立大功的人封为了诸侯王。可是这些诸侯王里，有些人不愿意听从刘邦的命令，想自己当皇

帝，就悄悄策划着造反。

其中有一个叫英布的，他被封为了淮南王，掌管着安徽这片地方。他就对自己的部下说："皇帝现在已经老了，自己不可能从首都跑到这么远的地方来。大将韩信和彭越也都因为叛乱被处死了，别的将军根本不是我的对手。"果然，英布一出兵，就接连打了好几场胜仗，占据了不少土地。

刘邦没有办法，只好亲自带着军队去对付英布。两军对阵，刘邦就对英布说："我都封你做了淮南王，你为什么还要造反？"

英布说："谁不想做皇帝？我就是想自己做皇帝！"

刘邦指挥着大军攻打英布，英布手下的弓箭兵万箭齐发，一箭射中了刘邦。刘邦虽然胸前中了一箭，可是他一点儿也不畏惧，忍着疼痛，继续追击英布。英布最终被刘邦的大军打败，在逃跑途中被杀。

汉高祖刘邦平定了英布的叛乱，就带着大队军马准备返回首都长安。正要启程，他就想起了自己的故乡沛县正好离这里不远。离开家已经很多年了，刘邦也十分想念家乡，就决定先去故乡看看再回长安。

父老乡亲们知道刘邦要回来，激动万分，大家举行了盛大的宴会来迎接这位当上了皇帝的家乡人。刘邦看到了自己儿时的小伙伴和原来的街坊四邻、亲戚朋友，也十分地高兴，跟着他们一起喝酒，一起欢唱。

喝着酒，刘邦就想起了自己这几十年的征战生涯，想到了自己怎么战胜了项羽，又想起日后该怎么治理国家。"现在这些诸侯王们都只想着自己造反当皇帝，不再像以前一样跟我共同杀敌了，我该去哪里找勇猛的将士帮助我一起治理国家呢？"

想到这里，刘邦就站了起来，敲着鼓、跳着舞，唱起歌来：

大风起兮云飞扬，
威加海内兮归故乡，
安得猛士兮守四方！

刘邦说："大风使劲地吹啊，天上的浮云飞扬，我统一了天下啊，如今衣锦还乡，可是怎样才能得到威猛的勇士啊，为国家来守卫四方平安！"

这首诗歌简单上口，刘邦唱了一遍以后，大家很快就都学会了。于是，宴会上的一百二十个人跟着刘邦一起跳起舞、唱起这首歌。这首诗歌很快就出名了，汉朝的人都把这首歌叫作《三侯之章》，而后人却都把它叫作《大风歌》。

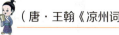

4. 葡萄美酒夜光杯（唐·王翰《凉州词》）

凉州词

葡萄美酒夜光杯，欲饮琵琶马上催。

醉卧沙场君莫笑，古来征战几人回？

【注释】

①凉州词：乐府曲名；②夜光杯：一种美玉制成的精美酒杯；③沙场：战场。

唐诗中有一类诗叫作"边塞诗"。边塞，就是古时候一个国家领土边界上比较重要的地方，这些地方是国家军事防御的重点。在这里，国家和国家之间常常会因为各种原因而发生战争，所以就会有很多战士把守在这里，随时迎战。边塞诗呢，就是描写边塞地区风光和战士们生活的诗。

今天，我们就讲一首边塞诗——《凉州词》。"凉州词"是古时候的一个曲调名字，诗人们根据这个曲调写诗，然后再找人唱成歌曲，就好像现在歌曲的词作者一样。凉州是个地名，在今天的甘肃，是古时候唐朝西北的边界。这里有很多特产，最有名的就是用甜美的葡萄酿造的葡萄酒，和用当地所产的玉制作的会在月光映衬下闪闪发光的夜光杯。

这天夜里，战士们打了一场胜仗回到营地，都很高兴，于是，就准

凉州特产

夜光杯

备开一场庆功会。他们把葡萄酒盛在夜光杯里，在月光下，杯中闪闪发光，好看极了。战士们正准备碰杯畅饮，外面突然响起了一阵急促的弹琵琶的声音，而且还弹奏得越来越快，这是在催促战士们前方又有战事了，赶紧穿好铠甲准备打仗吧！

将要出征的战士们大口喝下几杯酒，心想着："我要是醉倒在了战场上你们可不要笑我啊。因为从古到今，每一次打仗都会有无数的战士牺牲，永远回不来，谁知道这一次出征我还能不能回来呢？所以就让我痛饮几杯再上战场吧！"

诗人王翰就把这样的场景记录了下来，写了一首诗：

葡萄美酒夜光杯，欲饮琵琶马上催。

醉卧沙场君莫笑，古来征战几人回？

"沙场"就是战场的意思，因为在古代，战争都发生在偏远的北方和西方，那里有很多戈壁和沙漠，战马奔跑起来会扬起很大的沙尘，所以大家都把战场叫作沙场。诗人写这首诗，其实是在表达自己很讨厌战争，因为战争让很多战士牺牲了生命，让很多家庭伤心流泪。

5. 龙城与飞将不是一个人（唐·王昌龄《出塞》）

出　塞

秦时明月汉时关，万里长征人未还。

但使龙城飞将在，不教胡马度阴山。

【注释】

①但使：只要；②龙城：是匈奴人祭天集会的场所；③飞将：指汉朝的飞将军李广。

在汉朝的时候，北方有一个少数民族叫作匈奴，他们总是不停地侵扰汉朝的边关，因此，边关上的老百姓都无法过上安定的生活。

有一次，匈奴又发动战争了，汉武帝他便派出了自己的四位大将去迎战。其中有一位将军叫卫青。这是卫青第一次参加战争，他还特别年

轻，但是在战场上，他却英勇无比。他虽然是将军，但是每次迎战从不躲在后面指挥，总是自己带头冲在最前面。在这次战役中，其他三位将军都没有什么战果，只有他不仅打败了很多匈奴的士兵，还一直打到了匈奴祭天的圣地——龙城。龙城对于当时的匈奴来说是特别重要的一个城市，当卫青带着兵马冲进城中的时候，把匈奴人吓了一跳。因为以前都是匈奴去占领别人国家的城市，他们自己从来都没有想到，有一天居然也会被别人穿过防线，闯进自己的家门来了。历史上就把这次胜利叫作"龙城大捷"，这是汉朝抗击匈奴的第一次胜利，之前全都失败了。卫青这次胜利之后，又参加了六次和匈奴的战争，一共七次，次次都是胜利而回，没有一次失败，所以人们都叫他"常胜将军"。

汉朝还有一个大将军叫李广，也特别厉害。他镇守边界的时候，匈奴一听说他在，就都躲得远远的，不敢来侵犯。他在西边，匈奴就打东边；他在东边，匈奴就打西边。李广射箭射得特别准，百发百中，骑马也骑

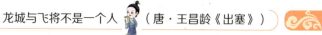

得特别好，就好像飞一样，所以大家都送他一个外号叫"飞将军"。李广不仅打仗英勇，还特别机智。有一次，他不小心落进了匈奴的埋伏圈里，被匈奴士兵活捉了，他就假装快要死了。匈奴士兵把他放到两匹马中间架起的网兜里，高兴地准备回营地庆祝。李广在里面一动也不动，走了好一会儿，匈奴人都以为他真的已经死了，便高兴地唱起了歌。李广躲在网兜里一看，匈奴人都已经放松了警惕，便一跃而起，一下子翻上其中一个匈奴人的马背，夺过他身上的弓箭把敌人射死，骑着马成功地逃回了营地。

汉朝由于有了这两位大将军的守卫，匈奴人才不敢侵犯，边境上的老百姓才过上了安定的生活。因此，他们俩的事迹也一直被人们传诵。

等到了唐朝，著名的边塞诗人王昌龄来到了西域的边关，看见边关的战事一直都未停息，便想起了卫青与李广这两位大将军，写下了一首诗——《出塞》。"出塞"和我们前面讲的"凉州词"一样，都是古代军歌的歌名，诗人就是给这个歌写歌词的。

秦时明月汉时关，万里长征人未还。
但使龙城飞将在，不教胡马度阴山。

王昌龄说：从秦朝汉朝以来，边关上的战争就没有中断过。月亮照着边关，而那些从家乡远赴边关打仗的士兵们，很多都死在战场上了，再也回不到家乡。要是能有攻打龙城的大将军卫青和英勇的"飞将军"李广在，北方那些攻打唐朝骑兵的胡人哪里还敢跨过阴山啊。

6. 李广射石（唐·卢纶《塞下曲》）

塞下曲

林暗草惊风，将军夜引弓。

平明寻白羽，没在石棱中。

【注释】

①塞下曲：古代歌曲名，这类作品大多是描写边塞风光和战士生活的；②引弓：拉弓；③平明：天刚亮的时候；④白羽：箭杆后部的白色的羽毛，这里指箭；⑤没（mò）：陷入，这里是钻进去的意思。

西汉的大将军李广是一位射箭高手，他的箭法特别准，拥有百步穿杨的技术。什么是"百步穿杨"？据说，在春秋战国时期，有一个楚国人，名叫养由基，他特别擅长射箭，在距离大柳树一百步的地方放箭射击，每一箭都能射中柳叶的正中心，百发百中。从此以后人们就用"百步穿杨"来形容一个人箭法或者枪法十分高明。

李广平日里特别喜欢去森林里打猎，因为打猎可以让他练习自己的箭法。每次打猎，李广都能带许多的野味回来。除了射死过山鸡、野兔、鹿、大雁这些动物，李广还曾经射中过两只大老虎。其中一次，一只老虎没能被一箭射死，竟然还扑过来把李广抓伤了，可是李广一点儿也不害怕，接着又搭弓引箭，最终还是把老虎杀死了。杀死老虎后，他就把这只大老虎的头骨取了下来，用来当作枕头枕着睡觉，说："大老虎算什么啊？我一点儿都不害怕。"

因为边界上又有匈奴前来侵犯，当时的皇帝汉武帝就把李广派去镇守边界。李广一到那里，匈奴听说了他箭法十分厉害，就全部都吓跑了。这个地方虽然没有了匈奴侵扰，可是丛林里却有很多凶猛的野兽出没，时常还会有猛兽伤人的事情。有一天傍晚，李广带着手下去周围巡视，回来晚了，天已经暗了下来，大家都很小心，生怕碰见猛兽。李广一边四处观察一边向自己的住所走去，走到山脚下，一阵山风刮过，吹着周围的树叶沙沙作响。他猛一抬头，突然就看见不远处的丛林中卧着一只大老虎，看它的样子好像弓起脊背就要跃出草丛，向自己扑来，李广赶紧从身上卸下弓箭，瞄准大老虎，用力拉开弓，狠狠地射了出去，一箭就射中了。

李广高兴地对身边的士兵们说："那只老虎中了我的箭，肯定逃不了了。现在天色已经晚了，我们先回去休息，等明天白天再来找老虎。"

第二天一大早，大家都纷纷跑去丛林里找老虎，可是左找右找都没有看见老虎的影子。李广心里也嘀咕："奇怪了，难道我射中的老虎还能跑了不成？"

这时候一个士兵跑来告诉李广，说找到了他的箭了。大家纷纷跑过去，一看，全都愣住了。原来，李广的箭插在一块巨大的石头里面，箭射进去很深，就只剩下箭尾的白色羽毛还露在外面。李广走过去看了看，这块大石头果然很像一只大老虎，昨天夜里太黑了，自己竟然看花了眼。他伸手去拔射进石头里的箭，可是不管怎么使劲都拔不出来，大家都惊叹李广射箭的力气真是威猛无比，竟然把石头都射穿了。

后来，汉朝的历史学家司马迁就把"李广射石"的故事记录到了自己写的《史记》中的《李将军列传》这篇文章里。再后来，唐朝诗人卢

纶有一天读书读到了这个故事，非常钦佩李广的英勇，他就给这个故事
写了一首诗：

> 林暗草惊风，将军夜引弓。
> 平明寻白羽，没在石棱中。

"塞下曲"也是古代的歌曲名。

李广确实是一位英勇的大将军，他为保卫国家、抵御外敌立下了汗
马功劳，而且从来不居功自傲，对待部下也和蔼可亲。历史学家司马迁
称赞他是"桃李不言，下自成蹊"。这句话的意思是：桃树和李树，有
着美丽的花朵、可口的果实，虽然不会说话，但仍然能吸引许多人来树
下赏花尝果，以至于树下都被人们走出了一条小路。这个成语就是比喻，
一个人只要做了好事，为人真诚，自然会受到人们的敬仰。

7. 玉门关听吹笛（唐·王之涣《凉州词》）

凉州词

黄河远上白云间，一片孤城万仞山。

羌笛何须怨杨柳，春风不度玉门关。

【注释】

①远上：远远望去；②仞：古代的长度单位，一仞相当于七尺或八尺，约 2.3 米或 2.6 米；③羌笛：羌族的一种乐器；④何须：何必；⑤杨柳：歌曲《折杨柳》；⑥度：吹到，越过；⑦玉门关：在今甘肃敦煌西北，是古代通往西域的要道。

　　两千多年前的西汉时候，在今天的甘肃省敦煌市，汉武帝修建了两座关塞——玉门关和阳关。当时，西域地区和内陆的交通都要通过这两个关口才行。因为新疆盛产美玉，比如和田美玉，而这些美玉都要通过玉门关这个关口进入内地来买卖，所以这个关口就被取名叫玉门关。

　　三月的一天，唐朝的诗人王之涣骑着马来到了玉门关。这里要算当时唐朝西北的边界了，十分荒凉，一阵狂风吹起来就是漫天的黄沙，脸上、嘴巴、鼻子里全是沙子。长安城这个时候都已经是春暖花开了，而这个地方还是只有光秃秃的山和一片沙漠，一点儿春天的气息都没有。突然，王之涣听到不远处传来了笛子的声音，仔细一听，这吹奏的是一

曲《折杨柳》的歌曲啊，想必是哪位守关的士兵吹奏的吧。

古时候，亲朋好友送别，送行者总要折下一支柳条赠给远行者。因为"柳"字的谐音就是"留"，它表示留下来、不舍得分别，也表示留念、不要忘记我。吹奏这个曲子的边关士兵一定是想念起自己的家乡了。

王之涣听着这悲凉的笛声，就写下了一首唱词——《凉州词》：

黄河远上白云间，一片孤城万仞山。

羌笛何须怨杨柳，春风不度玉门关。

其实这首诗还有一个名字叫作《玉门关听吹笛》。古代人都认为黄河是天上的银河延伸下来的，所以诗人说黄河远远地伸延到白云之间了，这沙漠中就只有玉门关这一座孤城。你何必要吹起悲凉的曲子《折杨柳》来埋怨这里没有春天呢？要知道这里如此偏远、荒凉，春风从来也不曾吹到这里啊。其实不是春风吹不到这里，而是唐朝时候玉门关那里十分荒凉，又很缺水，也没有绿色的树木，也没有显眼的花朵，就好像没有春天一样。

说起这首《凉州词》，还有一个有趣传说，是一个叫作"旗亭画壁"的故事。

有一年的冬天，外面下着小雪，天气也冷飕飕的，王昌龄、高适和王之涣三个诗人就约好了一起到一家酒楼去喝酒聊天。这三位诗人可都是当时著名的边塞诗人。

他们正喝着酒，就看见一位管乐曲的官员带着一群弟子上楼来，还有四名漂亮的歌女，他们要在这里练习歌曲。三个诗人就约定，要以歌

女所唱诗篇的多少，来定他们三个人诗名的高低。

　　第一个女子开始唱起来了，唱的是王昌龄的一首诗。于是，王昌龄得意地在墙上画了一道。接着，第二个女子也唱了起来，唱的是高适的一首诗，高适也马上在墙壁上画了一道。等第三个女子一开口，王昌龄又笑了，原来她唱的又是一首王昌龄的诗，王昌龄边画边说："两首了啊！"似乎预示着自己肯定是第一名了。

　　王之涣急了，一看唱了三首，居然一首他的都没有，就跟高适和王昌龄说："这些唱歌的都是才开始学习的小丫头，你们看那边那个最漂亮的姑娘，她才是这里最出色的，等到她唱，如果唱的不是我的诗，我以后就再也不跟你俩争高下了；如果是，你们就要拜我做老师啊。"

　　结果那位姑娘唱的果然是王之涣的这首《玉门关听吹笛》。王之涣哈哈大笑起来，对着王昌龄和高适说："你看，我没有说错吧。"

　　这个故事被唐代的薛用弱记录在了自己所写的《集异记》中，这本书是专门记载隋唐时代传奇怪异的故事的，但是历史上究竟是不是真的发生过这些事，那就不知道了。有的人说是，有的人说这只是后世人们编写的一个故事罢了。

8. 傅介子斩楼兰（唐·王昌龄《从军行》）

从军行

青海长云暗雪山，孤城遥望玉门关。

黄沙百战穿金甲，不破楼兰终不还。

【注释】

　　①青海：青海湖；②穿：磨穿；③楼兰：汉朝时一个西域小国的名字。

　　西汉时，在现在中国新疆地区，有一个很小的国家叫作楼兰，它的位置就在当时从汉朝通往西边各个国家，像是大宛国、大月氏国的通道之上。汉武帝曾经派兵征服了楼兰这个小国家，两个国家就约定，大家互相不侵犯，和平相处。

　　可是老楼兰国王去世以后，新的楼兰王就不再听汉武帝的话了，他

跟汉朝北边一个叫匈奴的民族联合在了一起，准备对付汉朝。在汉朝使者去西边国家的路上，一路过楼兰，他们就将使者杀死。因此，很多汉朝的使者都不敢再去西边的国家了，他们害怕会被楼兰王杀死在路上。这时候有个叫傅介子的人，就自告奋勇自己去。于是他便带着几个人去了西边的国家，在路过楼兰的时候，趁着晚上，杀死了匈奴在楼兰国的使者，自己也平安地到达了西边的大宛国。

傅介子出使之后，楼兰国王便不敢再杀害路过的汉朝使者了，大家又恢复了和平共处的日子。可是没过多久，楼兰国王又被匈奴说服，开始杀害路过的汉朝使者。傅介子便对皇帝说："这样下去可不行，我愿意去刺杀楼兰王，给他们一个警告。让他们再也不敢欺负我们大汉朝。"

于是，他带着大批珍贵礼品和精干的勇士前往西方。在路上，他就宣称这一次前来，是替汉朝皇帝专门赏赐各个小国家的。楼兰王十分贪财，一点防范也没有。傅介子就邀请他前来使馆里吃饭，和他坐在一起饮酒，并拿出金银财宝给他看。

不一会儿，楼兰王就喝醉了，傅介子对楼兰王说："汉朝皇帝派我来私下报告大王一些事情。"

楼兰王便起身跟着傅介子进入里面的房间中单独谈话，刚刚坐下，两个壮士就从后面刺杀了楼兰王，楼兰王当场就死掉了。他身边跟随的官员们看见都吓得不轻。傅介子就对他们说："楼兰王有罪，是汉朝皇帝派我来杀他的，应改立太子为王。汉军刚到，你们不要轻举妄动，一有所动，我们就会把你们的国家彻底消灭！"

随后，傅介子就带着楼兰王的首级回到了长安，立了大功。楼兰也立了新的国王，再也不敢杀害汉朝的使者，一直和汉朝和平相处。从那个时候起，"斩楼兰"就成了一个典故，是杀敌建功的意思。

后来到了唐朝的时候，在西南边出现了一个新的国家叫吐蕃，和唐朝在边界上一直战争不断。边塞诗人王昌龄就写了一首《从军行》：

青海长云暗雪山，孤城遥望玉门关。

黄沙百战穿金甲，不破楼兰终不还。

王昌龄说：青海上空的乌云遮暗了雪山，这是什么山啊？是祁连山，它位于中国青海省东北部与甘肃省西部的交界处。遥望着远方的玉门关，在边境上驻守的将士们，全都身经百战，连铠甲都磨穿了。他们都暗下决心：如果不能杀敌建功的话誓不回来。

这里的"破楼兰"就是用的傅介子斩楼兰的典故，是杀敌建功的意思。因为在唐朝的时候楼兰这个国家已经消失了，变成了一片荒野。但是历史上并没有记载这个国家为什么突然消失了，"楼兰古城的消失"就成了至今都没有解开的谜。

9. 诸葛亮的八阵图（唐·杜甫《八阵图》）

八阵图

功盖三分国，名成八阵图。

江流石不转，遗恨失吞吴。

【注释】

①盖：超过；②三分国：三国时期的魏、蜀、吴三国；③石不转：就是江水冲刷、淹没，石块也不动；④失吞吴：就是说刘备想要吞并东吴却失策了。

在重庆市奉节县，西南长江岸边的沙滩上看见一堆凌乱的石头，放眼望去人们都会以为这是些荒凉的烂石块。但是如果你登上一处小山，向下俯瞰，就会惊奇地发现，这些"乱石"其实并不乱，一堆一堆都有着自己的规律，排在沙滩上。更加奇怪的是，虽然江水总是涨落不断，但这些石堆却丝毫没有被冲毁，就立在原地一动不动。

据说，这是三国时期诸葛亮留下的八阵图。如果按照它来排列军队打仗，就算对方有千军万马也冲破不了。八阵图真的有这么厉害吗？在中国的四大名著之一——《三国演义》里有就有一段故事，描写了八阵图的强大威力。

三国时期，蜀汉的刘备带着七十万大军讨伐东吴，想吞并吴国，却

被东吴的大都督陆逊一把大火烧得精光。都督就是古代统领军队的军事长官。刘备带着几百个人逃了出来，陆逊就乘胜追击，一直追到了长江岸边，正准备再往前追去，就感觉到前方杀气腾腾。他先后派了几个手下前去打探，可是大家只看见一堆堆烂石头在沙滩上堆着，一个士兵也没有。

陆逊十分疑惑，就赶紧又找了一个当地的农民问："这堆石头是什么啊？"

当地人就告诉陆逊："这是蜀汉的丞相诸葛亮在进入四川的时候，带着士兵们取了很多石头搭建的阵势，从此以后这里经常云雾缭绕，很神秘的。"

陆逊觉得不过是一些石堆，肯定是用来迷惑人的，便带着大军进去

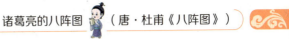

了，可是刚进入石阵中，就刮起了一阵狂风，漫天的风沙把天都遮黑了，接着就好像听见了千军万马奔走的声音，陆逊一拍脑袋喊道："糟了，中了诸葛亮的计谋了！"说着便想出阵。可是他一回头，已经没有来时的路了。

就在这个时候，一位老伯来到他的马前，带着他慢慢地走出了石阵。这位老伯是诸葛亮的岳父黄承彦，他因为不忍心看着陆逊白白牺牲自己的十万大军，才好心出来指引他走出了石阵。

黄承彦说道："这个石阵叫作'八阵图'，每时每刻，变化无端，可以比得上十万大军。"

陆逊听了之后十分佩服诸葛亮的才学，说："诸葛亮可真是一条卧龙啊，我比他差远了。"卧龙就是躺着的龙，意思是隐藏起来的人才。

后来，到了唐代，大诗人杜甫来到重庆奉节，看见了诸葛亮摆的石阵，写下了一首诗，名为《八阵图》：

功盖三分国，名成八阵图。

江流石不转，遗恨失吞吴。

这就是神奇的"八阵图"。其实这些石头堆只是诸葛亮在用石块演习阵法，而实际的"八阵图"据说在诸葛亮死后就消失了。一直到了唐代，有一个隐士曾经想把八阵图献给当时的皇帝唐玄宗，但是唐玄宗却拒绝了献图人。这之后一直到现在，"八阵图"再也没有露过面。

10. 三位古代的"女汉子"（唐·杜牧《题木兰庙》）

题木兰庙

弯弓征战作男儿，梦里曾经与画眉。

几度思归还把酒，拂云堆上祝明妃。

【注释】

①木兰庙：在今湖北武汉市黄陂区木兰山上；②拂云堆：在今内蒙古自治区的乌拉特西北，堆上有明妃祠；③明妃：指王昭君。

在古代举行盛大庆典的时候，贵族妇女们会在头上戴一种用丝织品制成的头巾，这种头巾人们称为"巾帼"，头巾上面往往还会装饰特别珍贵的珠宝。因为"巾帼"是古代妇女贵重的装饰，所以后人们也把"巾帼"用作对妇女的尊称。我们常常把女英雄叫作"巾帼英雄"，就是从这里来的。

在中国历史上，有很多的女英雄。有记载的第一个女英雄叫母辛，也叫妇好，她是商王武丁的夫人。有一年夏天，商朝的北方边境发生了战争，双方一直僵持着，谁也打不过谁。妇好听说了，就主动要求带兵前去打仗。要知道，不单是在古代，就是在今天，当兵上战场的也大多是男子。商王犹豫了很久才同意妇好上战场。结果妇好率领着军队，一连打败了周围二十多个小国家，平定了边疆的战乱，为国家立了大功。

但是要说起中国历史上最有名的女英雄，那就要属替父从军的花木兰了。在北魏时期，北方的游牧民族不断侵犯北魏的边境，抢杀掠夺，无恶不作。北魏的皇帝就规定，每个家庭都要出一名男子上前线打仗。花木兰家只有一位年事已高的父亲和一位年龄幼小的弟弟。由于不忍心看到体弱多病的父亲再上战场，花木兰就决定女扮男装替父亲从军。

花木兰从小跟着父亲习武，特别擅长剑术，到了战场很快就立了战功，一直从普通士兵升到了将军，镇守在北方的边境长达十二年。等到边境的战乱平息，花木兰终于凯旋回家。皇帝亲自迎接她说："你为国家立下了赫赫战功，我要重重赏赐你，授予你大官。"

花木兰摇摇头说："我不做什么大官，我离开家已经很多年了，十分想念我的家人，请您让我回家吧。"

等花木兰回到家中，换上女子穿的衣服，一走出来，跟她一起作战

多年的战友才恍然大悟，原来花木兰是个女子。从此，花木兰女扮男装替父从军的故事就流传开来。花木兰去世后，家乡人为了纪念这位女英雄，还专门修建了一所庙宇，叫木兰庙。

唐代的大诗人杜牧就写过一首《题木兰庙》的诗：

弯弓征战作男儿，梦里曾经与画眉。

几度思归还把酒，拂云堆上祝明妃。

杜牧说：花木兰手挽着弓箭扮作男子汉南征北战，只有在梦里才能和女伴们一起画眉毛。在边境的军营中，她不知道有多少次手拿着酒杯，渴望回到家乡，而每当思念家乡的时候她就会想起明妃王昭君。

王昭君是谁？她是中国古代四大美人之一。有个成语"沉鱼落雁"，沉鱼的故事来自四大美人中的西施，落雁则来自王昭君。

王昭君原本是汉朝皇宫中的一名宫女。北方匈奴的呼韩邪单于想与汉朝结好，就三次进长安城，向汉元帝请求，希望能够娶一名汉朝的女子当妻子。宫中谁也不愿意远离家乡嫁到千里之外的匈奴去，王昭君听说后就主动请求去和亲。她离开大汉前往匈奴的路上，想着就要离开家乡了，十分伤心，便弹着琴唱起了哀伤的歌曲，天上飞着的大雁看见这么美丽的女子在弹琴唱歌，都忘记了挥动翅膀，纷纷掉落下来。昭君来到匈奴以后，被封为王后，和匈奴族的人相处得非常好。她一面劝说单于不要打仗，一面把汉朝的文化传播到匈奴地区。她虽然离开故土远嫁千里，却为汉朝与匈奴两国带来了六十年的和平。因为她牺牲自己，换来了两国数十年的和平，因此也被许许多多的人称赞为女英雄。

11. 乌江边的故事（唐·杜牧《题乌江亭》）

题乌江亭

胜败兵家事不期，包羞忍耻是男儿。

江东子弟多才俊，卷土重来未可知。

【注释】

①乌江亭：在今安徽和县东北；②不期：难以预料；③包羞忍耻：指大丈夫能屈能伸的气度；④江东：从汉朝到唐朝的时候把安徽芜湖以下的长江东岸地区称作江东。

提到易水，人们会想起荆轲。那提到乌江呢？人们就会想起另外一个历史人物——项羽。

秦朝灭亡以后，楚王项羽和汉王刘邦为了争夺天下进行了一场大规模的战争，这场战争一共打了四年多，一直打到了公元前202年。这一年，项羽的军队被刘邦的军队困在了垓下这个地方。项羽身边已经没有多少士兵了，而且粮食也不够吃了，他一心想着要带领一支精锐的部队冲出重围。可是刘邦的军队早已经把四周层层包围了起来，项羽根本冲不出去。

没有办法出去，项羽就只好回到大营中再想对策。这天夜里，项羽一筹莫展地喝酒解闷，就听见外面响起了歌声，还是他们楚地的民歌。

项羽赶紧走出营帐，四面张望着，想听听歌声是从哪里传来的。出来一听，发现四周竟然到处都飘来这样的歌声，伴着呼呼的夜风越来越响亮。

他心中咯噔一下："糟了，难道刘邦已经把楚地全霸占了吗？要不怎么会有这么多楚人在唱歌啊？"其实这不过是刘邦手下的一员大将韩信的一个计谋，他让军队的士兵唱楚国的歌曲，好让项羽害怕。后来"四面楚歌"就成了一个成语，比喻四面受敌、孤立无援的境地。

当天夜里，等到了夜深人静的时候，项羽打探到汉军都已经筋疲力尽，放松警惕了，便骑上自己的乌骓马，带着八百多个骑兵将士，趁着风高夜黑冲出了汉军的包围圈。他一路上马不停蹄地往前跑，生怕汉军追赶上来。

第二天一早，天蒙蒙亮，汉军才发现项羽已经逃跑了，赶紧派出五千名骑兵前去追赶，并发出悬赏令：谁要是能捉住项羽，砍下他的脑袋，就赏赐黄金千两，并封他做大官。

项羽一路奔跑，跑到了淮河，渡过河后才发现，跟着他的八百将士就只剩下一百来人了。后面的汉军还在不停地追赶，项羽一刻也不敢停息，接着跑。可是走着走着却迷了路，来到了一个岔路口，他不知道到底该向哪边走了。这时候身旁有一个老头在树荫下乘凉，他便前去问："老人家，哪条路可以回楚国的都城彭城？"

老头不愿意给他指路，骗他说："往左边走。"

项羽便带着将士们一路向左跑去，跑着跑着就看见前面是一片看不见尽头的沼泽地，这根本就是条死路啊。项羽一拍脑袋，这才恍然大悟，喊道："我竟然被那个老头骗了！"他立刻调转马头向回跑去，可是还没回到路口就遇到了追赶而来的头一批汉兵。

一路上，他们就边打边走，跟着项羽的将士们死的死，伤的伤，到了最后，就只剩下二十八个人了。但是身后还有几千名汉军密密麻麻围上来。

项羽把仅有的二十八个人分成四队，对他们说："看我先斩一员大将，我们分开四路跑，大家在东山下集合。"说着就向汉军冲了过去，当场杀死了一名汉将。

一路上，项羽英勇无比，砍杀了几百名士兵冲了出来。等到了东山下一清点，二十八名将士又少了两名，他便带着这最后仅剩的二十六个人来到了乌江边上。过了乌江可就是他的老家江东了。

这时候乌江上正好有一条小船停在岸边上，船夫对项羽说："大王，我是乌江亭长，专门在这儿等着接您的。江东地方虽然不大，但也有方圆千里，民众数十万，也可以成为一方之主，您赶紧上船，让我载您渡江。现在这里只有我这一条船，即便汉军追到了，他们也没法儿渡江的。"亭长是什么？亭长就是一个小官，就像现在的乡长一样，这位船夫就是

掌管乌江这块儿的一个小官员。

项羽一听，苦笑了一下说："这是老天要让我灭亡啊！我就是渡过江去还有什么用呢？当初我带领了江东八千子弟去打天下，而现在却一个人不剩，即便是江东的父老兄弟念着旧情仍然拥戴我为王，我还有什么脸面去面对他们呢？即便他们什么都不说，我怎么能做到问心无愧呢？"

项羽叹了一口气又说："我这匹乌骓马，跟了我很多年了，我实在不忍心它战死，就把它送给你吧。"

说着项羽便下了马，命令大家也都下马，拿着长剑、短刀和汉军打了起来，项羽一个人就杀了几百名汉军，可是他们就这么点人，怎么能抵挡住不断追来的几千人的汉军部队呢？

到了最后，项羽实在是没有力气了，他看见了自己的一个旧部吕马童，他已经背叛自己加入了汉军，便对他说："我听说汉王刘邦拿一千两黄金、一万户封邑悬赏征求我的头，我给你一点好处吧。"说着就拿着剑在乌江边上自杀了。

后来这个故事被汉朝的历史学家司马迁记录在了《史记》之中。到了唐朝，大诗人杜牧有一次路过乌江亭这个地方，就想起了这段历史，便写下了一首《题乌江亭》：

> 胜败兵家事不期，包羞忍耻是男儿。
>
> 江东子弟多才俊，卷土重来未可知。

"卷土重来"这个成语就来自这首诗，意思是失败之后重新恢复势力。

杜牧不赞同项羽失败后不肯回到江东而自杀的行为，他认为，在打仗的时候成功和失败都是很正常的，遇到挫折就自杀怎么能算真正的男子汉呢？只有不屈不挠，遭到失败后不气馁，好好地总结经验教训，才能获得最终的成功。

12. 千古第一才女——李清照（宋·李清照《夏日绝句》）

夏日绝句

生当作人杰，死亦为鬼雄。

至今思项羽，不肯过江东。

【注释】

①人杰：人中的豪杰；②鬼雄：鬼中的英雄。

最厉害的古代才女要属宋代有名的诗人、词人李清照，她被后人称为"千古第一才女"。

在古代，女孩子都没法进入学堂上学读书。可是，为什么没上过学的李清照诗词能写得那么好呢？这还要从她的家庭说起。

李清照的父亲叫作李格非，他是北宋大文学家苏轼的学生，平日里

「杜牧」　　　　　　　　「李清照」

除了喜欢写文章、写诗词以外，还有个爱好就是藏书，他家里藏有特别多的书。李清照的母亲也很不简单，她是状元王拱宸的孙女，也读过很多书，还会写诗文。李清照就是在这么一个充满文学气息的家庭中长大的，从小就饱读诗书，写下了不少有名的词。我们常常说唐诗宋词，词也是一种文学体裁，它不像唐诗那样每一句都是一样多的字，它的句子有长有短，可以唱成歌曲。李清照就是著名的女词人。

李清照后来和父亲同僚的儿子、金石学家赵明诚结婚了。金石学家就是研究古代铜器、碑石，特别是上面雕刻的文字的专家。要当金石学家就要精通文字、书法、历史、文学等很多方面的知识。

结婚以后，李清照和丈夫一起收集各类金石字画，一面潜心研究，一面创作诗词。他们闲了就坐在客厅里饮茶，然后指着满屋子的书籍考问对方，谁先猜中了谁才可以喝茶。有一次，赵明诚外出未归，李清照

就作了一首词寄给丈夫，赵明诚读了以后，赞叹不已，就想写一首胜过妻子的。他在家里闭门苦思，废寝忘食地写了三天，一共写了五十首，中间夹杂着李清照的那首，然后请了自己的好朋友来评鉴。好朋友读完以后说："这里面只有三句最好。"赵明诚忙问是哪三句，原来正是李清照写的三句。从此之后，赵明诚便更加钦佩妻子的才学了。

他们俩就这样过着幸福的生活，一直到了公元1127年。这一年，国家发生了一件大事，北宋北面的女真族攻占了当时北宋的首都汴京（今天河南省开封市），还掳走了北宋的皇帝宋钦宗和太上皇宋徽宗以及皇族、官员等一共一万多人，有差不多十万的首都老百姓都遭受了这场战争灾难。这件事在历史上被叫作"靖康之变"。当时生活在北方的宋人都吓得逃向南方，李清照也收拾了行李，开始了一路向南的逃亡生活。

当时丈夫赵明诚被任命为江宁（今天江苏省南京市）的知府。一天深夜，城里发生了叛乱，身为知府的赵明诚并没有恪守职责指挥平乱，而是悄悄地用绳子坠下城墙逃跑了。叛乱被平定之后，赵明诚因失职被朝廷开除了公职。李清照得知这件事后，为丈夫临阵脱逃的做法感到十分羞愧，对赵明诚冷淡疏远了很多。之后他们接着向江西的方向逃亡，一路上两人相对无言，气氛十分尴尬。

正好这个时候走到了乌江，站在楚王项羽兵败自杀的地方，李清照就想起了南宋的当官者们，包括曾经当官的丈夫，在面对入侵的敌人时全都贪生怕死，只知道自己逃跑，不顾百姓的死活，一点儿英雄气概都没有。面对着浩浩江水，她随口就吟出了一首诗——《夏日绝句》：

生当作人杰，死亦为鬼雄。

至今思项羽，不肯过江东。

李清照是在赞扬项羽英勇无畏，不惧死亡的精神。

赵明诚这个时候就站在李清照的身边，听见李清照吟出这首诗，知道她在埋怨自己。其实他对自己当初弃城而逃的做法也十分后悔。从那以后，他一直处在深深的自责里，郁郁寡欢，不久便生了一场病，去世了。

在不断逃亡的路上，李清照与丈夫多年来苦心收集的金石字画和众多藏书也都陆续丢失，孤身一人的李清照痛心无比。最后，经过了几年的颠沛流离，她终于在杭州定居。这个时候的她失去了至亲至爱，又难归故土，但并未一蹶不振，不但完成了丈夫的金石事业，还在诗词创作上又攀上了一个高峰。只是经历了国破家亡之后，她的诗词也比早年所写的多了许多凄苦和悲愤的情绪。

13. 一心要做战士的诗人——陆游（上）
（宋·陆游《十一月四日风雨大作》）

十一月四日风雨大作

僵卧孤村不自哀，尚思为国戍轮台。

夜阑卧听风吹雨，铁马冰河入梦来。

【注释】

　　①僵卧：直挺挺地躺着；②戍轮台：指的是在边疆防守，轮台是新疆的一个县，汉朝的时候曾经在这里驻扎有部队；③夜阑：夜深了；④铁马：披着铁甲的战马；⑤冰河：北方冬天结冰的河。

　　陆游一生写过很多诗篇，他自己就说"六十年间万首诗"，六十年里写了一万首诗。在陆游的这些诗篇中，有很大一部分都是写爱国的，所以后来的人就给他起了个名字叫"爱国诗人"。

　　陆游生活的宋朝，发生过一场"靖康之变"。东北的女真族建立的金朝侵占了宋朝长江以北的大片土地，宋朝的首都不得已从河南的开封迁到了临安，就是今天的浙江杭州。因为迁到了南方，所以人们就把之

前的宋朝称为北宋，之后的宋朝称为南宋。

"靖康之变"的时候陆游才刚刚出生，他的父亲便带着还是小婴儿的他，一起过上了逃难的生活。一路逃难，陆游也慢慢长大。九年逃难的路上，陆游经常听到大人们讲战争的情况，看到很多人由于在战争中失去了亲人而痛哭流涕。因此陆游年轻的时候就写过一句诗："上马击狂胡，下马草军书。"意思就是骑上大马去跟金人作战，下了马就去书写作战的资料。可见，他少年时代就很想去参战，做一名战士。

二十八岁的时候，陆游参加了浙江省的考试，考了第一名。但是当时秦桧的孙子秦埙恰好也参加了考试，因为比陆游差些，只得了第二名。秦桧是当时的大宰相，他一看到自己的孙子居然被排在陆游后面，就非常生气。等到第二年，陆游再去首都参加考试，秦桧就直接让当主考官的亲信把陆游的名字从录取名单上画掉了。因为得罪了大宰相，陆游一直没有得到国家的重用。直到几年之后，秦桧死了，陆游才被任命了官职。但是因为陆游始终坚持抗击金朝的主张，一心要收复大宋的失地，便总是遭到主张讲和、投降的官员们的排挤和打击，几次遭到贬官。

那一心想做一名战士的陆游究竟有没有参军呢？有！那是在陆游四十多岁的时候，他到了南郑，就是今天的陕西省汉中市，这里是当时抗击金朝的前线。他被当时负责四川、陕西一带军事的将领王炎招来当了参谋。当参谋期间，陆游提出了很多抗击金国的策略，还亲自穿上军服、骑着战马到了大散关去体验军营生活。陆游一心想着终于能够有机会参加抗金的战争了，可是仅仅过了八个多月，朝廷就召回了王炎，不同意他抗击金国，而陆游短暂的从军生涯也就因此而结束了。

陆游一生都不甘心只做一个诗人，也不愿意别人把他看作诗人，他一直都认为自己是一名战士，连做梦都常常梦见自己身披战甲、驰骋沙场、杀敌报国。他老了，闲居在家乡，快七十岁了，有一天夜晚刮大风下大雨，他已经躺在了床上，却被窗外呼呼的风雨声吵了起来，心想：现在自己的国家也像在风雨中一样，飘摇欲坠，一直受到金国的欺负，却不敢起来抗争。他越想越激动，便起床写下了一首诗——《十一月四日风雨大作》：

僵卧孤村不自哀，尚思为国戍轮台。

夜阑卧听风吹雨，铁马冰河入梦来。

虽然已经年老体衰，可是陆游依然想为国家守卫边疆，当一名征战沙场的战士，而这样的愿望在现实中没法儿实现，他就希望能在梦里实现。

14. 一心要做战士的诗人——陆游（下）（宋·陆游《示儿》）

示 儿

死去元知万事空，但悲不见九州同。

王师北定中原日，家祭无忘告乃翁。

【注释】

①示儿：给儿子看；②元：原来，本来；③九州：在这里指中国大地；④同：统一；⑤王师：指宋朝的军队；⑥北定：把北方平定；⑦家祭：祭奠家里的祖先；⑧乃翁：你们的父亲，在这里指陆游自己。

陆游在八十二岁高龄的时候，得知了一个好消息。南宋的平章军国事韩侂胄，为了洗刷国耻，收复宋朝失去的土地，准备出兵与金国大战一场。平章军国事是一个特殊的官职名称，在南宋的时候，它是比宰相还要大的一个官职，是权力最大的中央政府最高官职。

陆游听到了这个消息，特别兴奋，非常激动，觉得自己还能够上战场为国家贡献一份力量。他立刻写了一首诗，这首诗中有一句"一闻战鼓意气生，犹能为国平燕赵"。他的意思是：一听说朝廷要出兵打仗了，我就马上意气风发、精神饱满，别看我都八十多岁了，仍然可以上战场为国家出力，一直打到收复燕赵地区为止。燕赵地区是指古时候燕国和赵国的地盘，包括现在的河北省、北京市、天津市北部以及山西、河南北部、内蒙古南部的地区。

这场战争开始没多久，宋军便一举收复了几块失地。但是由于韩侂胄没有用对人，军中出了内奸，之后就连连战败。没过多久，就连韩侂胄都被政敌杀害了，大宋这场收复失地的战争也就以彻底失败而告终了。

在家乡的陆游得知了这个消息，十分悲愤，一下子气出了一场大病，而且越病越重。这年冬天，八十五岁的陆游躺在床上，病得已经没办法下地了，他知道自己就快不行了，便把儿子们都叫到自己的床前。他让孩子们拿来纸笔，一句话也没有说，用最后的力气写下了一首诗——《示儿》：

死去元知万事空，但悲不见九州同。

王师北定中原日，家祭无忘告乃翁。

陆游说：虽然我知道死了以后世间的一切都跟我没关系了，但是没能亲眼看着祖国统一我十分悲伤。如果我死了之后大宋收复了北方失去的土地，你们可一定要在祭奠的时候把这个好消息告诉我啊。

这首诗就是陆游的绝笔诗，也是陆游留下的一份遗嘱。他一直到死都念念不忘要抗击金国、收复失地，足见他是多么热爱自己的国家，所以后人都叫他"爱国诗人"。

为什么"九州"在古时候会代表整个中国呢？这还要从远古时期大禹治水的故事说起。

在远古的时候，洪水滔天，洪灾十分严重，有一个夏族的首领叫禹，他接受了帝王的任命来治理水灾。他先到了全国各个地方考察地势地貌，穿山越岭，测量数据。然后用了十三年的时间，疏导了全国九条大河，开通了全国九条山脉，使得全国上下的老百姓都可以安居乐业。他也因此得到了当时各个部族首领的尊敬和爱戴，最终继承了帝位。大禹就依照他治理水灾时考察的数据把当时的国家划分成了九个区域，叫作九州，他们分别是：冀州、兖州、青州、徐州、扬州、荆州、豫州、梁州、雍州。

后来，大禹的儿子启继承了皇帝，建立中国历史上第一个世袭朝

代——夏，还派人把全国九个州的名山大川、风物特产画成图册，然后选派著名的雕刻工匠，将这些画刻于九个大鼎之上，用一个鼎代表一个州。九鼎就象征着九州，反映了全国的统一和王权的高度集中。从此，"九州"也就成了古代全中国的代名词了。

第四章 一草一木总关情

一草一木，一物一景，在诗人眼里，无论是山川河流还是大树丛林，甚至是花鸟鱼虫，都可以成为他们笔下的主角，传达着深厚的感情与美好的愿望。

1. 一首小诗名扬天下（唐·白居易《赋得古原草送别》）

赋得古原草送别

离离原上草，一岁一枯荣。

野火烧不尽，春风吹又生。

远芳侵古道，晴翠接荒城。

又送王孙去，萋萋满别情。

【注释】

①赋得：命题作诗；②离离：青草茂盛的样子；③远芳：草香远播；④晴翠：草原明丽翠绿；⑤王孙：本来指贵族后代，在这里指远方的友人；⑥萋萋：形容草木长得茂盛的样子。

　　唐朝有个诗人叫白居易，在青年的时候，还没有人知道他的名字，他只是一个默默无闻的小书生。

　　这一年，他从自己的家乡山西太原第一次来到首都长安参加考试。他一到长安，就听说长安城里有个特别有名的、既会写诗又会写文章的名人叫作顾况，很多学生都把自己写的诗送给他，请他点评和指导。可是顾况这个人对诗要求非常高，特别挑剔，很多大才子的诗呈给他，他看了以后都觉得不好，要是有一首诗能让他看上两遍，那这首诗就算相当不错的了，而能够让他开口说好的诗，几乎没有。所以很多人给他送诗都不敢进他家的大门，害怕自己的诗不够好，要被顾况看不起。

这天，白居易就带着自己的诗作跑到了顾况的家门口。他把自己的诗作交给顾况家门口的守卫，请他带给顾况看看。卫士一看，白居易不过是一个年纪轻轻的小书生，肯定也写不出什么好的诗作，就对白居易嚷道："你先回去等着吧。"

可是白居易却很自信地说："我就在这里等着，我害怕顾大人要叫我进去相见。"

卫士哈哈大笑，说："我们家老爷，连许多大才子的诗作都看不上眼，怎么会看上你这个毛头小子的诗？我劝你还是回家等着吧。"说完，便笑着去送白居易的诗作了。

顾况拿起白居易的诗卷，看见上面写着：太原白居易诗稿。在诗文界，从来就没听过这个人，顾况就笑起来，拿白居易的名字开玩笑说：

"这个名字还挺有意思。居易，居住容易。可是首都的粮食这么贵，想在这里住下来可不是那么容易的。"顾况的意思是首都这里有很多能人志士，光是诗文写得好的人就数不胜数，寻常人若是没有大本事，很难在这里买得起房生活下来。

顾况打开诗卷，看到里面第一首诗的名字叫《赋得古原草送别》。按照古代考试的要求，指定的试题，题目前就要加上"赋得"二字，这是一首命题作诗，就好像现在的命题作文一样，题目就是围绕着"古原草"写一首诗。这首诗是白居易在十六岁参加考试的时候写的。顾况念起来：

> 离离原上草，一岁一枯荣。
> 野火烧不尽，春风吹又生。
> 远芳侵古道，晴翠接荒城。
> 又送王孙去，萋萋满别情。

白居易说：原野上的青草多么繁茂，冬天的时候枯萎了，到了次年便又长了出来。不管烈火怎样无情地焚烧，只要第二年春风一吹，就又是遍地青草，一片绿油油了。芳草蔓延到远方把道路都遮盖住了，阳光照耀着，绿草的尽头就是你要去的地方。我又一次送别了好朋友，这遍地繁茂的青草就代表着我对朋友深深的怀念。

读完之后，顾况惊喜万分，连声称好！忍不住称赞说："能写出这样好的诗句，哪里还发愁在长安城的生活啊！"意思就是这么有才华的人，走到哪里都会有人抢着要，根本不用发愁在首都的生活啊。立刻叫卫士把白居易请了进来。

这首诗在当时很快就出名了，几乎人人都会背诵，而白居易也成了小有名气的诗人。

2.七岁咏月的缪氏子（唐·缪氏子《赋新月》）

赋新月

初月如弓未上弦，分明挂在碧霄边。

时人莫道蛾眉小，三五团圆照满天。

【注释】

①赋：歌咏；②新月：农历月初的月亮；③上弦：月亮半圆的时候；④碧霄：蓝天；⑤蛾眉：原形容美人的眉毛，细长而弯曲，在这里指新月；⑥三五团圆：农历十五晚上最圆的月亮。

在唐朝唐玄宗的时候，有个孩子姓缪，叫什么、是哪里的人，历史上都没有记载了。于是，大家现在都叫他缪氏子，意思就是姓缪的一个孩子。他从小就特别聪明，读了很多书，还会写诗，人们都说他是一个小神童。

七岁的时候，他就去参加了神童召试。什么叫神童召试啊？古时候，每个地方都会有一些很小就很聪明、会写诗作文章的孩子，各省市的官员就把这些孩子的信息搜集起来然后报告给皇帝，皇帝就会把他们召集到皇宫里来，亲自给他们出考试题，来考验他们，看看他们的学问究竟怎么样。如果考得好，学问都跟参加正规考试考上的文人一样了，就会被直接授予官职。

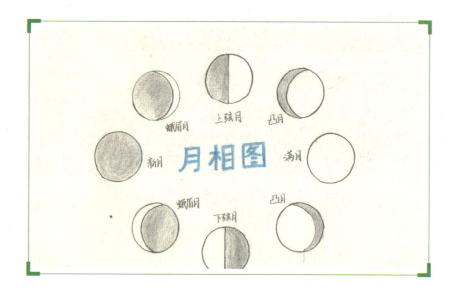

缪氏子来到皇宫，他虽然很小，可是一点儿也不害怕，看见皇帝要考试，他也不紧张。皇帝就说："今天的考试题目就是作一首写月亮的诗。"

缪氏子想了想，现在是农历的月初，月亮还是一弯小小的月牙儿，我就写一首《赋新月》吧，新月就代表农历月初时候的月亮：

初月如弓未上弦，分明挂在碧霄边。

时人莫道蛾眉小，三五团圆照满天。

每个月农历初八左右，月亮就呈现出一个半圆形，好像一把上弦的弓，有弯弯的弓臂和后面绑在弓臂两头的弓弦。可是现在还没到初八，月亮还没有到半圆，所以就是未上弦。

"蛾眉"是形容美人的眉毛，弯弯的，又细又长。在这首诗里，小作者指的是新月就像眉毛一样。三五团圆是十五月圆的时候。古代人说三五，就是十五；说二八，就是十六，都是乘法的表述。所以古时候的女孩子说自己"二八芳龄"的时候，不是指二十八岁，而是十六岁。

　　这首小诗不仅很符合题目的要求，而且还暗示着小作者在说："别看我现在年龄小，好像新月一样，但是过不了多久，我也会长大，像圆月一样，做光照天下的大事。"唐玄宗听到这首诗后非常地高兴，连连称赞缪氏子。

3. 为何人人都爱大柳树（唐·贺知章《咏柳》）

咏　柳

碧玉妆成一树高，万条垂下绿丝绦。

不知细叶谁裁出，二月春风似剪刀。

【注释】

　　①妆：打扮；②绦：用丝线编成的绳带；③似：好像。

　　在春天刚来临时，花还没开，草还没绿，柳树就会先发出嫩绿的芽，因此人们常常说柳树是报春的使者。

在中国最早的一本诗集《诗经》里就有一句特别有名的写柳树的句子，叫作"杨柳依依"，因为柳树的"柳"与"留"字同音，所以古代的人在送别亲人和好朋友的时候就喜欢送柳枝，意思就是舍不得对方、希望对方留下来的意思。"杨柳依依"，就是说柳枝随风轻轻地摆动，就好像依依不舍的样子。

从这以后，很多诗人都开始为柳树写诗，但是在这些咏柳的诗词中，把柳树柔美的形象描绘得最真切动人的，就要数唐代的长寿诗人贺知章了。八十多岁退休的贺知章从长安城回到家乡浙江，看见家乡池塘边新发芽的柳树，一时来了诗兴，提笔写道：

碧玉妆成一树高，万条垂下绿丝绦。
不知细叶谁裁出，二月春风似剪刀。

贺知章说：高高的柳树像碧玉装扮成的美女一样，千万条柳枝就好像是她裙子上绿色的丝带。你可知这细嫩的柳叶是谁剪裁的？就是那好像剪刀一样的春风啊！

碧玉是晋代一个很有名的美女，我们现在有个成语叫作"小家碧玉"，就是从她的名字化来的，意思是小户人家可爱漂亮的少女。贺知章说柳树就好像碧玉，一是颜色绿油油的好像碧玉，二是柳枝摇摆就好像是碧玉那样美丽的姑娘。

贺知章留下了一首流传千年的咏柳诗作，古代还有很多的文人也留下了和柳树有关的故事。

东晋的时候有个大诗人叫陶渊明，他特别喜欢自然风光，自然也很

喜欢柳树，就在自己的房屋前种了五棵柳树，自号"五柳先生"。

唐宋八大家里的欧阳修在扬州当太守的时候，非常喜欢大明寺的清静，于是就在寺庙里修建了一座房子，专门让文人学士们前来作诗写文章，相互交流，还亲自在房前种了一棵柳树。欧阳修在扬州做官时，生活非常简朴，常常为老百姓着想，后来他不在那里做官了，人们非常怀念他，便给那棵柳树取名叫作"欧公柳"。

柳树的生命力特别顽强，在适当的时候，在湿润的土地上，不需要种子，也不需要树苗，只要插上一根柳树的枝条，它就会生根发芽。所以民间有句俗语叫"无心插柳柳成荫"，就是说随意折下来的一只柳条随便地插在地里，从来没有照料它，几年过去，却成了郁郁葱葱的柳树。

4. 王安石变法（宋·王安石《梅花》）

梅 花

墙角数枝梅，凌寒独自开。

遥知不是雪，为有暗香来。

【注释】

①凌寒：冒着严寒；②遥：远远地；③为：因为。

北宋的大文学家王安石在接到了新上任的皇帝宋神宗的邀请后，便从南京赶到首都做官。

王安石一到首都，宋神宗就找来他谈话。一见面他就问王安石："你觉得要治理国家，该从哪方面入手啊？"

王安石回答说："要从改变旧的制度，创立新的制度开始。"

宋神宗就说："嗯，那你回去写一个详细的改革意见吧，我再看看。"

回家后王安石很快就写好了一份意见书，提出了许多富国强兵的策略，宋神宗看后对每一条都十分满意，很快就把王安石提拔为副宰相。王安石当上了副宰相，就任用了一批年轻的官员开始了自己的改革。他的改革方法不仅增加了国家的收入，还减轻了农民的负担。

但是这样的改革却触犯了很多有钱人的利益。就好像改革方法里有一条叫作青苗法。就是说在农民没有粮食吃的时候，由政府借粮食给农民，等农民们丰收了以后再把粮食和利息还给国家。因为以前农民没粮食都是管有钱的人家去借高利息的粮食，现在国家借给农民粮食了，这就断了地方有钱人剥削农民的来源。所以很多富人都反对王安石的改革。

就这样，王安石的改革一直坚持了四年，到了第五年的时候，河北省闹了一场大旱灾，好几个月都没有下雨，农民们都没有粮食吃，四处逃荒。有一个官员就对宋神宗说："这都是王安石改革造成的，他不遵守老祖宗的规矩，胡乱改变，引起了天公的不满，才降灾祸到人间的。"

宋神宗的母亲和祖母也边哭边说："这个王安石把社会搞乱了。皇帝，你可一定要处理他啊！"

没有办法，宋神宗也只好先让王安石暂时离开首都去休养休养。

第二年，当一切稳定下来之后，宋神宗又把王安石召回了首都。可是没过几个月，天上就出现了彗星，这本来是很正常的自然现象。但是在古代，彗星又被叫作扫把星，被认为是很不吉利的预兆。一些大官们就借此说是因为王安石回来又要进行改革，惹得老天爷都不高兴了。

这样三番两次，宋神宗也犹豫了起来，不再像当初一样坚定地支持王安石了。王安石看到改革没办法进行下去，便辞去了自己宰相的职位，回到南京的钟山隐居了起来。

王安石的改革在历史上就叫作"王安石变法"，变法的意思就是对国家的法规制度做出重大的改变。

在南京隐居的王安石十分伤心，这一年冬天，才下了一场大雪。雪停了，王安石在院子里散步，走着走着就闻到一股清香扑面而来，

可是身边并没有花啊，他就抬头向远处望去，看见墙角的一只梅树上有一片一片的白色，原来梅花已经盛开了。王安石就写了一首诗——《梅花》：

> 墙角数枝梅，凌寒独自开。
> 遥知不是雪，为有暗香来。

王安石说远远看着梅树上一片一片白白的，我怎么知道是梅花而不是雪花呢？因为梅花有着淡淡的香味。梅花不惧怕寒冷，在寒风大雪里孤独寂寞地绽放，十分坚强。王安石就像梅花一样，为了国家的兴盛推行变法，尽管遭到很多人的反对也一直坚定不动摇。

5. 十次考试都没及格的罗隐（唐·罗隐《蜂》）

蜂

不论平地与山尖，无限风光尽被占。

采得百花成蜜后，为谁辛苦为谁甜。

【注释】

①山尖：山峰；②甜：蜜蜂酿造的醇香的蜂蜜。

晚唐诗人罗隐在历史上有一个称号叫作"十上不第"，"第"是次序的意思，"不第"是指在古代科举考试里没考上、不及格的意思。得到"十上不第"这样的外号是因为罗隐一共参加了十几次考试，但都没有考上。罗隐怎么这么差劲儿呢？是不是学习特别不好？才不是呢。

在罗隐很小的时候，他就因为才学出众在乡里出了名，他的诗和文章都写得非常棒，光他们村子里就有很多人崇拜他，说他是个大才子。后来到了考试的年龄，罗隐就跑去首都长安参加全国考试，他认为自己的知识足够应付考试了，所以都不用复习。当试卷发下来的时候，他下笔如神，很快就写完了。可是等考试成绩一出来，罗隐发现自己居然没有考上，为什么呢？其实不是他的文章写得不好，而是他太狂妄了，在文章里总说自己很有才华。主考官一看到就觉得这个人实在太不谦虚了，不适合做官员，就把他的试卷判为不及格。

第一次没考上，罗隐也没有灰心，他就待在长安城里准备第二年再考。他也不复习，就在首都里闲逛，看见什么不顺眼的事情，比如哪个大官耍威风、哪个有钱人家的公子欺负人，他都要写上一篇批评他们的文章，常常把这些人骂得狗血淋头，一点儿面子都不留。就这样，罗隐和一群贵族大官结下了仇恨。也正因为这样，虽然他的才气很大，却一连参加了十几次考试都没有考中。其实，罗隐原来的名字叫作罗横，在他第六次考试又没考上之后，他就把自己的名字改成了罗隐。

到了最后，罗隐彻底地失望了，他认为朝廷太黑暗了，考试也不公平，就离开了首都四处游玩。有一天，他来到了一座小山坡上，向山坡下望去，就看见很多人都在田地里辛苦地劳动，有的播种、有的耕地，个个都累得满头大汗。突然，几只小蜜蜂嗡嗡嗡地从自己身边飞过，落在了漂亮的花朵之间。罗隐就想起了自己在首都里看到的那些整日无所事事，就知道吃喝玩乐的大官员，便写了一首诗——《蜂》：

> 不论平地与山尖，无限风光尽被占。
> 采得百花成蜜后，为谁辛苦为谁甜。

罗隐说：这些辛苦劳动的人们就像蜜蜂一样，一年到头辛辛苦苦地忙碌。蜜蜂采尽百花酿成了甜美的蜂蜜，可是自己却没有吃到一滴，这么辛苦究竟是为了谁呢？劳动人民辛苦一年种出的庄稼有很大一部分都要上交给国家，而有些官员不尽职尽责便可以不劳而获，享用这些粮食，简直太不公平了。罗隐写这首诗就是在赞美劳动者的勤劳，也是在表示对不劳而获的人的痛恨与不满。

6. 一家都是大文豪（三国·曹植《七步诗》）

七步诗

煮豆持作羹，漉菽以为汁。

萁在釜下燃，豆在釜中泣。

本是同根生，相煎何太急？

【注释】

①漉：过滤；②萁：豆类植物脱粒后剩下的茎；③釜：锅。

在中国历史上，出现过一些文豪家庭。什么是文豪家庭啊？就是在一个家庭里出了好几个大文学家。最有名的文豪家庭就是"三苏"和"三曹"，"三苏"是宋朝的苏洵和他的儿子苏轼、苏辙，"三曹"是东汉末年的曹操和他的儿子曹丕、曹植。

曹操是三国时期曹魏政权的创造者，据说他有二十五个儿子，但这些儿子里最有文采的有两个，就是曹丕和曹植。曹丕从小文武双全，八岁的时候就博览群书并开始写文章了，他的武艺也很出众，骑马、射箭、击剑都非常棒；曹植呢，也非常聪明、有才气，而且他的文采比曹丕还要好。有一年曹操在邺城建造了一座宏伟壮丽的建筑——铜雀台，建成之后就召集了一批有才学的文人登上铜雀台来写文章，曹植也是其中的一个。可是这么多的文学家，当大家都在思考怎么写的时候，只有曹植拿起笔，几乎没有思索，就很快写完了，第一个交卷。后来，曹植写的这篇《铜雀台赋》因为词句优美，成为传世的经典文章。

这两个儿子都很出色，曹操就一直在考虑，究竟让他们俩谁来继承自己的王位呢？因为曹操更加欣赏曹植的文采，所以好几次都想把自己的王位传给曹植。可是曹植有个不好的习惯，就是爱喝酒，好几次他都因为喝酒喝醉险些耽误国家大事，最后经过再三考虑，曹操还是决定死后将王位传给曹丕。

虽然曹丕登上了王位，可是他知道自己的弟弟很有才华，父亲生前也对他喜爱有加，生怕曹植以后会和自己抢夺王位，就千方百计地想找个机会处死他。

　　这一天，曹丕听说曹植喝了酒，还把自己派去的使者给关押了起来，就想借着这件事说曹植要造反，争夺自己的王位，把他处死。可是又怕因为这样杀了曹植，会引起大臣们的反对，便把曹植押到大殿上。

　　曹丕说："我和你虽然是亲兄弟，可是也是君臣，你怎么可以私自关押我的使者呢？你这可是违反法令的！"

　　曹植听了，连连叩头，说是因为自己喝醉了酒，请求哥哥能够宽恕。曹丕一看，这样根本没有理由处死曹植，便又想出一招。

　　曹丕接着说："父亲在世的时候，常常夸奖你，说你文采出众，出口成章，可是我怀疑你那些文章都是请别人替你事先写好的。今天我就要考考你，你在这大殿上走七步，在七步之内作诗一首。如你作得出来，我就免你一死；如果你作不出来，就说明你在欺骗父亲和我，就该处死。"

一听要作诗，曹植一点儿也不害怕，仰起头说："请出题吧！"

"我们俩是兄弟，你就用兄弟为主题作一首诗吧，但是诗句中绝对不能出现'兄弟'这两个字。"曹丕得意扬扬地说道，心想这回曹植必死无疑了。

曹植略加思考，就开始在大殿上走一步念一步诗：

煮豆持作羹，漉菽以为汁。

萁在釜下燃，豆在釜中泣。

本是同根生，相煎何太急？

曹植说锅里煮着豆子，想把豆子的残渣过滤出来，然后留下豆子汁来做成糊状食物。豆萁在锅下面燃烧，豆子在锅里哭泣。豆子对着豆萁说："我们本来是同条根上生出来的，你怎么能这样急迫地煎熬我呢？"曹植这首诗的意思是说自己现在就好像是锅里的豆子，而哥哥曹植就是在锅下面燃烧的豆萁，对自己苦苦相逼。

只走了六步，这首诗就作成了。曹丕和满朝的大臣都惊叹曹植是个奇才，曹植也因此被赦免，躲过了一场杀身之祸。因为是七步之内作出来的诗，所以这首诗也被后人称为《七步诗》。这首诗比较长，后人还改编出了一个短小的、朗朗上口的版本：

煮豆燃豆萁，豆在釜中泣。

本是同根生，相煎何太急？

"本是同根生，相煎何太急"由此成为千古名句，被用来批评那些不顾手足情深、亲人间相互残杀的做法。

7. 比七步诗更厉害的三步诗（宋·寇准《咏华山》）

咏华山

只有天在上，更无山与齐。

举头红日近，回首白云低。

【注释】

①咏：歌颂；②华山：位于陕西省渭南市，五岳之一。

曹植的《七步诗》在历史上特别有名，有名到大家都认为他是最厉害的。因此，很少有人知道还有"五步成诗"和"三步成诗"的诗坛典故。

"三步成诗"说的就是北宋的大宰相寇准。寇准从小就聪明过人，才华出众。有一天，他的父亲在家中举办了一场宴会，邀请了当地许多著名的文人学士一起聚会交流。大家一边喝酒一边聊天，都十分开心。喝着喝着，其中一位客人喝多了，就对寇准的父亲说："听说您的儿子也特别擅长写诗，不如叫他出来作一首诗为我们喝酒助兴，怎么样？"

大家一听，都觉得这个人一定是喝醉了，这不是在为难寇准的父亲吗？虽然说寇准很聪明，可毕竟只是个七岁的孩子，作诗对他来说还太难了吧。

但是寇准的父亲听了，并没有推辞，而是对大家说："好，我这就让儿子出来，他年纪小，写诗的水平不高，给大家献丑了，还请大家多多指点一下他。"

这时候，寇准从后面走到大厅里，向坐着的人们一一行礼，恭敬地对刚才请他出来的客人说："请您出题吧。"

客人想了想，说道："这里离华山不远，你就以华山为题，吟咏一首诗吧。"

小寇准点了点头，在大厅里一边思索一边踱起步来，一步，两步，刚刚迈出第三步，他轻轻一笑，张口说："各位前辈见笑，有了！"于是，一首《咏华山》脱口而出：

只有天在上，更无山与齐。
举头红日近，回首白云低。

华山是我们国家著名的五岳之一，因为它在陕西省渭南市，在五岳里位于西面，所以大家也叫它"西岳"。小寇准说，华山非常高，只有蓝蓝的天空比它还高。它高得抬抬头就能挨着太阳，低下头就能看见白云。

这首诗念完，满座的宾客都拍手称赞，有人喊道："居然只走了三步就吟出了一首诗，这是一首三步诗啊！在历史上曹植七步成诗，史青五步成诗（史青是唐朝的一位才子。有一次，他向唐玄宗上书说，曹植七步成诗并没有什么了不起，我五步之内就可以作诗。唐玄宗不太相信，当即下诏召他进皇宫。大家都为史青捏了一把汗，心想他如果吹牛就是犯了欺君之罪，可要处死啊。到了面试的那天，史青胸有成竹地站在大殿上，请皇帝出题。唐玄宗说道："今天恰好是除夕，你就以'除夕'为题作一首诗吧。史青不假思索，脱口而出："今岁今宵尽，明年明日催。寒随一夜去，春逐五更来。气色空中改，容颜暗里摧。风光人不觉，已入后园梅。"）都不算什么，今天寇准三步就写出了一首诗，而且他才只有七岁，真是了不得，了不得啊！"

有人说道："'举头红日近，回首白云低'真是佳句，华山的雄伟、险峻都在这两句诗里了！"

大家一面为寇准的才华叹服，一面对他的父亲说："这孩子可真不简单，将来一定会大有所为的，说不定能当大宰相呢。"

果然，七岁就能三步成诗的寇准，十九岁便考中了进士，四十岁出头就成了宰相。

有两个成语常常连在一起用，叫作"人外有人，天外有天"，就是形容世界很大，能人之外还有能人，曹植七步成诗已经很厉害了，可是史青比他还厉害，五步就能作诗；寇准又比史青更厉害，三步就成诗，相信历史上一定还有比寇准更厉害的人。这个成语的意思就是提醒人们要谦虚，不要骄傲自大。

8. 喜爱梅花的王冕（元·王冕《墨梅》）

墨　梅

吾家洗砚池头树，朵朵花开淡墨痕。

不要人夸好颜色，只留清气满乾坤。

【注释】

①墨梅：用水墨画的梅花；②洗砚池：写字、画画之后洗笔、洗砚的池子；③乾坤：天地间。

王冕跟唐代诗人王维很像，不仅会作诗，而且会画画，他是元朝著名的大画家。他特别喜欢画梅花，而且只画用墨汁和水调和在一起的黑白色的梅花，人们把用这种方法画的梅花就叫作墨梅。

王冕从小就特别聪明，清代有个小说家吴敬梓写了一本书叫《儒林外史》，里面就记载着他小时候好学的故事。王冕七八岁的时候，父亲叫他去放牛，他就偷偷地跑进学堂听别的学生念书，听完以后就默默记下来。因为光顾着听课，忘了放牛的事情，他的牛就跑到别人家的田地里，踏坏了很多粮食。王冕的父亲很生气，因为这件事还揍了王冕一顿。可是王冕的母亲说："孩子读书这样入迷，就由着他吧。"

从此，王冕就离开了家，不再放牛，寄住在寺庙里。一到晚上，他就跑出来，坐在佛像上读书。因为佛像前有长明灯，可以借着灯光读书，

他就这样一直读到天亮。

　　王冕不仅刻苦读书，也刻苦学画，很快，他的画就非常出名了，每天总有很多当官的来请他作画，他们希望王冕能画那种颜色艳丽的梅花，王冕却不愿意为这些达官贵人服务。据说有一次，一位达官贵人向他索要梅画，说要出大价钱买，王冕没有答应。第二次，他又派人前来，说他要的画是送给更大的官员的寿礼，这样可以顺便推荐王冕去做官。他以为这样就可以获得王冕的画了。当这个官员再次上门索画时，正好碰上王冕在画梅，他高兴地以为王冕是在给他作画。可王冕画完梅花后，在画上题写了一句诗："冰花个个圆如玉，羌笛吹它不下来。"冰花就是梅花，羌笛比喻的是官员，王冕的意思就是，我不会给你们这些当官的画梅花的。

　　后来他为了找个安静的地方画画，就跑到了九里山隐居了起来。他在山里盖了三间茅草屋，又在屋门口种了几千株梅花，给自己的草屋取

了个名字叫"梅花屋"，自己号称"梅花屋主"。从此之后，王冕每天就在这里边欣赏漂亮的梅花边画墨梅。

有一天，他画了一幅《墨梅图》，在这幅图上题写了一首诗——《墨梅》：

吾家洗砚池头树，朵朵花开淡墨痕。

不要人夸好颜色，只留清气满乾坤。

洗砚池是什么啊？就是画画写字完了以后，专门洗笔和砚台的小水池。东晋的时候有个大书法家叫王羲之，就是乌衣巷里的大家族王家的人。他从小非常喜欢书法，特别崇拜东汉的大书法家张芝，一有时间他就琢磨一个字的结构要怎么样写才好看，一边想一边用手在自己的衣服上比画，时间一长，连自己的衣服都划破了。张芝学习书法的时候就在布上练习写字，写完了把布洗干净然后再写，时间长了他家里洗毛笔和布的那口池塘的水都变黑了。王羲之就想像张芝那样努力练习书法，于是他每天写完字后也到自己家门前的池塘里洗刷笔砚，日子久了，池塘的水也全部被染成了深黑色，人们就把这个池塘叫作"洗砚池"。他的字也越写越好，成为有名的"书圣"。

王冕说：我画的这株墨梅就好像是王羲之家洗砚池旁边的树一样。因为我也姓王，和王羲之就算是一家人。这株种在洗砚池旁边的梅树，因为总被洗砚池的墨水浇灌而染上了淡淡的墨汁颜色。它并不需要别人去夸赞它颜色美丽，只是想要把清淡的香气充满在天地之间而已。

9. 能文能画的唐伯虎（明·唐寅《画鸡》）

画 鸡

头上红冠不用裁，满身雪白走将来。

平生不敢轻言语，一叫千门万户开。

【注释】

①裁：裁剪、制作；②平生：平常；③轻：轻易。

唐寅字伯虎，所以很多人都叫他唐伯虎。唐伯虎小的时候特别聪明，而且从小就非常喜欢绘画，他看见什么画什么，画完觉得好就贴在墙上。

有一次，他的画被当时的大画家沈周看见了，沈周觉得唐伯虎小小年龄就能画出这么好的画，很有绘画天赋，便收他做了徒弟。可是没学多久，唐伯虎就觉得自己已经画得相当不错了，而且每次画的画都能得到很多人的称赞，便开始骄傲起来，觉得自己不用再学了。沈老师见他这个样子，就在一次吃饭的时候，让唐伯虎去帮他把窗户打开，等唐伯虎走到窗户前面伸手开窗的时候，居然摸到了一面墙壁，他这才发现这窗户竟然是老师画的一幅画。唐伯虎看到老师的画居然画得如此逼真，连自己的眼睛都骗过了，才知道自己画画的技术还差得很远呢，从此再也不炫耀自己画得好了，埋头更加用心地学习绘画。

到了唐伯虎二十岁的时候，他的父母、妻子、妹妹相继去世，家境也衰败了。他的好朋友祝枝山就劝他,让他好好读书,到时候去考取一个功名。从此,唐伯虎开始认真读书学习。二十八岁的时候,他参加了南京当地的考试,结果考了第一名,轰动了整个南京城。

第二年,他就去了首都,准备参加全国考试。他信心百倍,心想,自己肯定会再考一个第一名。结果这一年的考题出得特别难,很多人都不会答,交了白卷,只有两个人答得特别好,一个就是唐伯虎,另一个叫作徐经。因为答得太好了,就有人说这一定是他们两个人事先给了主考官好多钱,提前把试题买了出来,早就已经背好了答案的结果。于是这一年的考试,唐伯虎和徐经两个人虽然都答得很好,但都没有被录取。尽管后来查清楚了,知道他们并没有作弊,但是唐伯虎还是因此受了打击,决定再也不去当官。

回家之后他就靠着自己写文章、卖画赚的钱,过起了悠闲的日子。后来他还买下了郊区的一座破房子,取名叫“桃花坞”,修了修,建成了一座漂亮简单的庭院,在里面作画写诗。他常常画上一幅画,再在画上题写一首自己创作的诗。

有一天,他画了一只公鸡,是一只浑身雪白的大公鸡。画完了画,他就想作一首诗来描写他画的这只公鸡,于是就在旁边写道:

头上红冠不用裁,满身雪白走将来。
平生不敢轻言语,一叫千门万户开。

唐伯虎说,我画的这只大公鸡,头上有红色的鸡冠,就像一顶帽子一样,而且这是天生的,不需要去裁剪。它一身雪白的鸡毛,就好像穿了一件白衣裳一样,雄赳赳地走过来。它平时不会轻易说话,不过它要是叫起来,那一定是大清早打鸣,在喊大家起床呢。那个时候千家万户

就都要起床开门了。

　　汉朝的时候，有个叫韩婴的人曾经写过一篇文章来赞美鸡说："鸡有五德：首戴冠，文也；足搏距，武也；敌敢斗，勇也；见食相呼，仁也；守夜不失，信也。"他说，鸡有五种美德，是哪五种呢？它头上有鸡冠，就好像帽子一样，因为古代的文人都在头上戴个帽子，所以鸡的第一个美德就是有文化；它两只爪子撑在地上，像上战场的大将军一样，很英武的样子，所以第二个美德就是威武英勇；鸡又十分好斗，不管遇到什么样的对手，它都不害怕，要与它比试一下，所以第三个美德就是勇敢；不管是哪只鸡，看见有吃的了，都会呼叫同伴们一起来吃，绝对不会只顾着自己吃，所以鸡的第四个美德就是仁义；最后，就是鸡总是在天亮的时候鸣叫，呼叫大家起床，从来不会忘记，这第五个美德就是很守信用。

　　唐伯虎的这首诗就写了鸡的两个美德，一个是文，一个是信。

　　后来人们把唐伯虎和祝枝山、文徵明、徐祯卿四位生活在苏州又特别有才华的人统称为"江南四大才子"。

10. 一篇遗失了作者的谜语诗（佚名《画》）

画

远看山有色，近听水无声。
春去花还在，人来鸟不惊。

什么是谜语诗？就是这首诗的本身是一个谜语，谜底有可能是一个物品，也可能是一个字。

唐宋八大家之一王安石就很喜欢写谜语诗。有一次，他请了一位老木匠为他设计宅院。过了几天，老木匠就把自己设计出来的模型拿给王安石看。王安石看了以后，点头说比较满意，但是又在模型的后花园墙壁正中写了一首诗：

倚阑干東君去也，霎时间红日西沉。
灯闪闪人儿不见，闷悠悠少个知心。

老木匠想了想，马上修改了模型。王安石再看，不断点头说："这样我就更加满意了！"

这就是一首谜语诗，每一句的谜底都是一个"门"字："阑"字去掉里面的"東"，"间"字去掉里面的"日"，"闪"字去掉里面的"人"，"闷"字去掉里面的"心"。王安石的意思就是，请老木匠在后花园中间的墙上加个门。

下面，我们来看一首流传了很久、特别有名的谜语诗：

146

远看山有色，近听水无声。

春去花还在，人来鸟不惊。

这首诗很简单，很多人都会背诵，看着字面就能理解意思：远看高山色彩明亮，走近一听流水却没有声音。春天过去了，可是还有许多花开放着，人走近了，树枝上的小鸟却没有被吓飞。

后来的人看到了这首诗，认为它是个谜语，描述的其实就是一幅画，这幅画上画的有山水、有花草、有鸟儿，因为是一幅画，所以画上的山看得见颜色，画里的水听不到流动的声音，春天过去了画上的花还是很艳丽，人走近了画上的鸟也不会受到惊吓。于是，后世人就给这首诗取了个名字叫作《画》。

但是一直到今天，大家都没有找到这首诗的作者。有人说这首诗是

唐代诗人王维写的，因为王维喜欢画画，喜欢山水，还在秦岭的辋川买了大别墅，专门作画写诗。他最喜欢的便是先画一幅美丽的风景，然后在这幅风景画上题写一首诗，所以很多人都认为这是王维在自己的一幅画上题写的诗。可是大家查找了王维的诗集，却没有发现这首诗。

于是，有人又说这是南宋的僧人道川禅师为了注释佛教的一本经典经书《金刚经》所作的一首诗。诗不仅有这几句，后面还有几句，这是一首写佛学道理的诗，并不是谜底是"画"的谜语诗。

还有人说这是明代的四大才子之一唐伯虎写的。有一次他去杭州西湖游玩，发现西湖著名的断桥的桥头栏杆上有一道填空题：□看□□色，□听□□声。□去□□在，□来□□惊。唐伯虎一看，就来了写诗的兴致，于是拿起笔把这首诗填补全了，还起了名字叫《咏画诗》。

除了这几个人，这首诗的作者还被认为是清代的诗人高鼎。但诗的作者究竟是谁，到今天也还没有最终确定。或许有一天，人们找到了越来越多的资料，就能够找到这首诗真正的作者了。

11. 郑板桥的竹子撞死鸟（清·郑燮《竹石》）

竹 石

咬定青山不放松，立根原在破岩中。

千磨万击还坚劲，任尔东西南北风。

【注释】

①咬定：比喻根扎得结实，像咬着青山不松口一样；②立根：扎根；③尔：你。

郑燮就是郑板桥，板桥是他的号。郑板桥不仅画画好，书法、诗文也同样出色，所以人们都称他"诗书画三绝"。他最擅长画兰、竹、石，这其中又属竹子画得时间最长，画了大概有五十多年，所以他画的竹子最好也最出名。

他的竹子画得有多棒？历史上流传着一个郑板桥醉画竹子的故事。有一年，郑板桥的一个朋友家中新砌了一道院墙。这位朋友就想请郑板桥帮忙，在新墙壁上画一幅画。于是，当新墙砌好后，这位朋友就邀请街坊四邻和众多好友来家中庆祝。当然，也请来了郑板桥。郑板桥在宴会上正喝酒喝得高兴，这位朋友就当着大家的面请郑板桥为新墙画一幅画。

郑板桥无法推脱，就说道："行，你磨墨吧。"

朋友连忙让儿子拿来一碟墨来，郑板桥一看，说："不行，这墨汁太少了，至少也得小半盆才够。"

朋友心想，那么多墨怎么能画画啊？但还是压下心中的疑惑，让儿子端来一小盆墨汁。

这时郑板桥已经喝醉了，就把双手往墨汁盆中一沾，在墙上抹起来，抹了几把之后，又把整个盆端起来，将剩下的墨汁全都泼到了墙壁上。

顿时，一面崭新的白墙被弄得乱七八糟，黑乎乎的一片。朋友十分生气，原本是想让这位大画家给自己画一幅漂亮的画做装饰，谁知道现在成了这样。看着一面被墨汁弄得黑乎乎的墙，朋友只能在心中生闷气。

　　过了几天，下了一场大雨，天上不停地打雷、闪电，大家全都躲在屋里不敢出门。谁知等到雨过天晴，这道墙壁前面竟然死了上百只麻雀。

　　又过了些日子，这位朋友家中来了一位老人，仔仔细细地观看了这面墙壁一番，问："这画，一定是一位名人画的吧？"

　　朋友很生气地说："什么名人！就是一个朋友用手胡乱抹的。"

　　老人又问："这幅画画成了之后，有没有出现过奇怪的事情啊？"

　　朋友回答："有倒是有一件，就是有天下大雨，又打雷又闪电的，之后就发现在这面墙前死了上百只麻雀。"

　　老人点点头说："这幅画，真是太棒了！一般人看不出他画的是竹林，只有打雷下雨的时候，闪电一照，才看得出。麻雀误将它当成了真的竹林，飞来避雨，所以就撞死在墙上了。"郑板桥醉酒所画的竹林连麻雀都误以为真了，足见他画竹的技艺有多么高超。

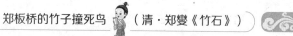

郑板桥学画竹子的时候没有老师教，全凭自己摸索。年轻的时候他家里就只有三间旧茅草屋，屋子的南面就种着一片竹林，在阳光或者月光的映照下，一片零乱的竹影就映在了窗户纸上。郑板桥觉得这些竹子的影子就是最天然的图画，便看着窗户上的影子一遍又一遍练习画竹子。所以他画的竹子都是用墨汁的浓淡颜色画出来的，而且很有自己的特色。

有一天，他画了一幅《竹石图》，几株竹子从岩石中生出，直冲云天，还在图边题写了一首自己写的诗——《竹石》：

咬定青山不放松，立根原在破岩中。
千磨万击还坚劲，任尔东西南北风。

郑板桥通过这首诗赞美竹子经历成千上万次的折磨和打击，依然那么坚强，无论狂风怎么吹，依然坚韧挺拔。

郑板桥一直到了五十岁才当上一个小小的官。他当官期间非常关心老百姓的生活，每次处理完公事，他就穿上老百姓的衣服在乡野里跟农民一起耕田劳作。

有一年，他管辖的地区闹灾荒，很多老百姓都没有粮食吃，快要饿死了。郑板桥就向上级打报告，要求打开政府存放粮食的粮仓救济老百姓。可是，在古代开粮仓是很重大的事情，需要一级一级地批示，得到许可才行，这样批示下来会拖很长的时间。郑板桥看着有些老百姓已经因为灾荒饥饿而死了，就私下打开粮仓发放粮食，并且还要求自己管辖地区的有钱人把家中剩余的粮食拿出来救济灾民，不愿意的一律从严治罪。因为他这些及时的措施，当地很多老百姓度过了灾荒，活了下来。但是也因为他私自开放粮仓，又得罪了有钱的富人，最后还是被罢免了官职。

郑板桥离开自己的县衙时，很多老百姓都自发前来为他送行。他走的时候就只有三只毛驴，一只领路，一只他骑，还有一只拖着简单的行李。从此之后他就一直以卖画为生。他这种正直不屈、不向任何人低头的性格也跟他所画的竹石一样。

12. 两颗星星的故事（汉乐府《古诗十九首·迢迢牵牛星》）

古诗十九首·迢迢牵牛星

迢迢牵牛星，皎皎河汉女。

纤纤擢素手，札札弄机杼。

终日不成章，泣涕零如雨。

河汉清且浅，相去复几许？

盈盈一水间，脉脉不得语。

【注释】

①迢迢：遥远的样子；②皎皎：明亮的样子；③河汉：银河；④擢：伸出；⑤素：白皙；⑥札札：是一个象声词，形容织布机的声音；⑦涕：眼泪；⑧零：落下；⑨几许：多少；⑩盈盈：水清澈、晶莹的样子；⑪间（jiàn）：间隔；⑫脉脉：默默地用眼神或行动表达情意。

《古诗十九首》，听名字就知道，这里一共记载了十九首诗，它们全都是来自东汉末年的五言诗。五言诗就是五个字一句的诗。但是这十九首诗全都已经不知道作者是谁了，是后来南北朝时期南朝梁代的太子兼文学家萧统将它们收集起来，编成了这组《古诗十九首》，才让这些没有作者的诗篇流传到了今天。

今天，我们就讲讲其中的第十首古诗《迢迢牵牛星》。

织女星是天上的一颗星星，它和附近的几颗星连在一起，就好像一架织布机或者竖琴的样子，所以人们就称这几颗星星组成的星座为天琴座。织女星是天琴座中最亮的一颗星星，它在银河的西北面。

牵牛星也叫牛郎星，它也是天上的一颗星星，在银河的东南面。它与身边另外两颗星星连在一起就好像一个杠杆。于是人们把这三颗星一起叫作天平星，也叫挑担星。牛郎星是天平星中最亮的一颗星星。

后来人们就通过这两颗星星编写出了一个美丽而动人的神话故事。在天河的东边住着一位织女，她是天帝的女儿，每年都在织布机上辛勤地劳作，织出了很多漂亮的天衣，自己却没有时间去化妆打扮。天帝不忍她独自一个人生活，就把她嫁给天河西边的牵牛郎。可是织女出嫁以后，就开始和牛郎幸福地生活，逐渐荒废了自己的纺织工作。天帝因此大怒，责令她回到天河东边自己的住处，只许他们一年见一次面。等到每年进入秋季的第七天，也就是农历的七月初七，喜鹊们就会在天河上搭起一座桥梁，让牛郎和织女相会。

这是牛郎和织女最早的一则传说，后来人们还编写出很多版本的故事。比如说织女为牛郎生了两个孩子，就是牵牛星旁边的两个小星星。

《迢迢牵牛星》这首古诗，就是将牛郎织女的故事写成了诗歌：

诏诏牵牛星，皎皎河汉女。

纤纤擢素手，札札弄机杼。

终日不成章，泣涕零如雨。

河汉清且浅，相去复几许？

盈盈一水间，脉脉不得语。

诗人说："看那遥远的牵牛星，还有银河边明亮的织女星。织女伸出细长而白皙的手，在用织布机织布，发出札札的织布声。她一整天也没能织成一块布，因为思念自己的丈夫牛郎，眼泪流下来像下雨一样。银河看起来又清又浅，可是两岸又相隔多远呢？虽然只隔着一条清澈的河流，但牛郎和织女也只能相互看着对方，根本没办法交谈。"

第五章 朋友情深话友谊

一个篱笆三个桩，一个好汉三个帮。每个人生命中，都不能缺少朋友，结交一个好朋友，会让你终生受益，真正的友情也都是弥足珍贵的。

1. 少年才子王勃（唐·王勃《送杜少府之任蜀州》）

送杜少府之任蜀州

城阙辅三秦，风烟望五津。

与君离别意，同是宦游人。

海内存知己，天涯若比邻。

无为在歧路，儿女共沾巾。

【注释】

①少府：县尉，主缉捕盗贼；②之：到、往；③蜀州：今四川崇州；④城阙：指京城长安；⑤辅：护卫；⑥三秦：指长安城附近的关中之地；⑦五津：指岷江的五个渡口白华津、万里津、江首津、涉头津、江南津；⑧君：是对人的尊称；⑨宦（huàn）游人：出外做官的人；⑩天涯：天边，比喻特别远的地方；⑪比邻：近邻；⑫无为：没有必要；⑬歧（qí）路：岔路，分岔口。古人送行经常在道路分岔处告别；⑭沾巾：泪水沾湿了衣服。

　　唐朝有个大才子叫王勃，他特别有才华。大家都会背的《咏鹅》这首诗是骆宾王七岁写的，王勃更厉害，六岁就会写文章了，九岁的时候就开始读古书，读古代一个大学者注解的《汉书》。他不仅读，还发现了这本书里面有一些错误，于是自己写了一本《指瑕》。"瑕"就是玉上的斑点，就是失误，这本书就是要把古书里面的错误全部标记过来。十四岁的时候，他就因为才华出众受到当时的皇帝唐高宗的接见，唐高宗面试了王勃，问了王勃很多问题，发现王勃都能对答如流，出口成章，侃侃而谈，非常佩服，就授予了他朝散郎的官职。从此王勃就留在了长安城中做官，成为当时朝廷里年龄最小的官员。

王勃在长安城里认识了许多朋友，和他们一起玩耍，一起写文章，很开心很快乐。可是其中一个姓杜的朋友要被派去四川做少府，马上就要离开长安了，以后他们就不能经常见面了，王勃很舍不得。

这天早晨，杜少府要启程前往四川，王勃知道了这个消息，一大清早就守在出长安城的路上，要送别好朋友。

那天天气一点儿都不好，阴沉沉的，没有太阳，还有一层薄薄的雾。王勃指着远处对杜少府说："那是四川的方向，离长安很远啊，你一路上可要注意安全。我们俩都是离开家乡在外地做官的人，你现在又要远赴四川，能交到你这样的好朋友我很高兴，可是没想到这么快我们就要分别了。"

杜少府听到王勃这样说，也很伤心，说道："是啊！咱们平时可以一起写诗，一起游玩。如今我就要去那么远的地方了，咱们再见面的机会就很少了，我实在是舍不得分别啊。"说着，杜少府都要流眼泪了。

王勃看着伤心的杜少府，赶紧拍拍他的肩膀说："不要这么伤心。虽然我们隔得很远，但是我一想到在这个世界上还有你这么知心的好朋友，就感觉我们心灵相通，好像邻居一样近。咱们不要在这里像小孩子一样哭哭啼啼了。你要开心地去四川，在那里好好地工作、生活，我会在长安祝福你的，也会一直记得你这个朋友，不会因为我们分开了，距

离遥远就忘记你的。"

杜少府也不再难过，快乐地跟王勃道了别，赶去四川了。

回到家后，王勃拿起笔写了一首《送杜少府之任蜀州》的诗，就是送杜少府到四川上任做官。

城阙辅三秦，风烟望五津。

与君离别意，同是宦游人。

海内存知己，天涯若比邻。

无为在歧路，儿女共沾巾。

"三秦"指陕西的关中地区，因为项羽打败秦朝以后，把这里封给

了三个秦朝的将领，所以就叫三秦。一直到今天，陕西还叫"三秦大地"。

　　王勃说：三秦大地护卫长安城，你就要去迷雾远处的四川了。好朋友即将分别，我不由得感慨，咱们俩都是远离家乡在外做官的人。虽然很伤心，可是我一想到，人世间只要是志同道合的朋友，即使远在天涯，也好像就在身边一样，就不难过了。我们不要在分手时伤心难过，像小女孩一样哭泣，让泪水打湿衣裳了。

　　王勃写下的"海内存知己，天涯若比邻"成为千古名句。别人分别的时候都很悲伤、难过，会流眼泪，他呢，却很乐观，胸怀天地。因为友情地久天长，最深厚的友情就算是万山千水也阻隔不了的。

2. 李白的铁杆粉丝——汪伦（唐·李白《赠汪伦》）

赠汪伦

李白乘舟将欲行，忽闻岸上踏歌声。

桃花潭水深千尺，不及汪伦送我情。

【注释】

　　①踏歌：唐代民间的一种唱歌形式，一边唱歌，一边用脚踏地打拍子，边走边唱；②不及：不如。

说起古代最著名的诗人，那就要算李白了，他写下了许多脍炙人口的美丽诗篇，后世人都称呼他为"诗仙"。李白在生前就已经名满天下了，很多人都非常喜欢他的诗，特别崇拜他，自称为李白的忠实"粉丝"。

李白性格开朗，十分乐观，喜欢边喝酒边作诗，还喜欢旅游，到大江南北去欣赏美景、结交朋友。这一天，李白恰好旅游到了安徽省，看了一天美景的他正在一家旅馆中休息，就听见外面有人喊："李白，这儿有你的一封信。"

李白拿到信打开一看，上面写道："李白先生，您不是喜欢美景吗？我们这里有十里桃花；您不是喜欢喝酒吗？我们这里有万家酒店。所以我真诚地邀请您来我这里玩啊。汪伦。"

李白看完信，高兴极了，有十里桃花欣赏，又有万家美酒品尝，这

地方简直太棒了，我要赶紧去啊。于是李白马上赶去了汪伦的村子。到了村子，汪伦十分热情地招待了李白，带着他游山玩水，请他去饭馆吃特色美味。就这样几天过去了，李白把村子里外都玩了个遍，也没有看到什么十里桃花和万家酒店。他终于忍不住问汪伦："你说的十里桃花和万家酒店在哪里啊？快带我去啊。"

汪伦不好意思地笑笑，说："十里桃花是因为我们村子有个湖名字叫桃花潭，水面有十里宽；万家酒店不是有一万家酒店，它就是我请你吃饭的酒店啊，因为那家店的老板姓万。"原来汪伦听说大诗人李白来到这边游玩，就很想找个机会见见自己崇拜了很久的大明星，他知道李白喜欢美景和美酒，就想出这个方法邀请李白前来。

李白这才明白自己上当了，但是他也不生气，哈哈大笑起来。

又在村子里玩了几天，李白要走了，汪伦就准备了很多礼物送给他，还做了一大桌子的美味佳肴来给李白送行。到了要离开的那天早上，李白正准备踏上小船，就听见远处传来一阵阵歌声，他看见汪伦带着全村的人赶到岸边来为自己送行。他们一边用脚踏着拍子，一边唱着当地的民歌，祝愿李白旅途顺利，一帆风顺。李白看到这样的场面十分感动，就提笔写了一首诗——《赠汪伦》：

李白乘舟将欲行，忽闻岸上踏歌声。

桃花潭水深千尺，不及汪伦送我情。

李白虽然没有看到桃花林，也没有喝到一万家的美酒，但是却收获了比这些都珍贵的汪伦的友情。

3. 李白的偶像——孟浩然（唐·李白《送孟浩然之广陵》）

送孟浩然之广陵

故人西辞黄鹤楼，烟花三月下扬州。

孤帆远影碧空尽，唯见长江天际流。

【注释】

①黄鹤楼：中国四大名楼之一，故址在今湖北省武汉市武昌蛇山的黄鹄矶上。②之：往、到。③广陵：扬州。④故人：老朋友，在这首诗里指孟浩然。⑤辞：辞别。⑥烟花：形容柳絮如烟的美景。⑦唯见：只看见。⑧天际：天边。

上一节我们讲了小"粉丝"汪伦巧妙骗得大"明星"李白见面，两人成为好朋友的故事。喜欢广交朋友的李白还结交过许多好朋友，其中有一位叫作孟浩然，他们之间也有一段小故事。

李白和孟浩然都是唐代数一数二的著名诗人。孟浩然比李白要大十二岁，算起来可是李白的老大哥。李白年轻的时候特别喜欢游山玩水，他旅游到长江的时候，听说大诗人孟浩然住在襄阳，就决定前去拜访。那个时候李白才二十多岁，还是个年轻的小伙子，才刚刚有点小名气。孟浩然呢，已经是写出很多著名诗篇的大诗人了，名满天下。

这一次拜访，孟浩然很热情地招待了李白，留他在家中住了十多天，

两个人一起研究古诗、文章，很快就成了好朋友。

　　分别后李白便又接着去旅游了。一直到了几年后一个春天，李白听说孟浩然要去广陵（今天江苏省扬州市），他就赶紧找人给孟浩然带去一封信，他在信中写道："我们两个好朋友上回一别已经很多年没有见面了啊，你不久就要去广陵了，到时路途遥远就更不容易见面了，不如我们就在江夏（今天湖北省武汉市武昌）见一面吧。"

　　"可是，在哪里见呢？"李白想来想去，武昌这个地方有个黄鹤楼很有名，在楼上远眺，风景优美，就在那里吧。武昌的黄鹤楼和永济的鹳雀楼、洞庭湖畔的岳阳楼，还有南昌的滕王阁一起并称为中国的"四大名楼"。

　　据说，这里原来是一个姓辛的人开的酒店，有一天，酒店里来了一位客人，他穿得破破烂烂，也没有钱，就向老板要一碗酒喝。老板很大方地给了他。从此以后，这个人每天都要来讨一碗酒喝，老板也从不厌烦，每次都赏给他一碗酒。

就这样过了半年，突然有一天，这位客人对老板说："我欠了你很多酒钱啊，没有办法还你。"说着便从篮子里拿出一块橘子皮，在酒店的墙壁上画了一只鹤，因为橘子皮是黄色的，所以画出来的鹤也是黄色的。这只鹤特别神奇，只要有客人唱歌，它就会随着歌声跳起舞来。有了这只鹤后，人们都想来这家神奇的酒店看看，酒店的生意也越来越好，老板赚了许多钱。

又过了十年，当初那位客人回到了酒店，看见酒店的老板已经赚了足够的钱，便取出一只笛子吹了起来。听到笛声，那只画在墙上的鹤便飞了出来，客人跨上黄鹤便飞上了蓝蓝的天空。原来这位客人是一位修道成仙的道士。辛老板为纪念这位帮他致富的仙翁，便在这里修了一座楼，取名为"黄鹤楼"。

李白和孟浩然在黄鹤楼重逢，十分高兴，两个人在楼上一边饮酒一边聊天，李白给孟浩然讲起这些年自己游历的大川名山的故事，孟浩然也给李白看了自己新写的诗作。很多年不见，两个好朋友有无数的话要说，几天的相聚时间很快便匆匆过去了。

这天早上，孟浩然就要坐船启程了，李白亲自把他送到江边。看着船越走越远，逐渐消失在自己的视线里，就只剩下滚滚的长江水一直向天边流去，一时诗兴大发，写了一首《送孟浩然之广陵》的诗：

故人西辞黄鹤楼，烟花三月下扬州。

孤帆远影碧空尽，唯见长江天际流。

李白后来还写过一首给孟浩然的诗叫作《赠孟浩然》，第一句就是："吾爱孟夫子，风流天下闻。"意思是说自己特别崇拜孟浩然，因为他不仅长得风度翩翩，而且文章诗词也写得非常棒，天下没有人不知道他的名字。但是孟浩然留下的诗篇里却没有一篇写到过李白，也许是他从来没有写过，也许是他写了但没有流传下来吧，这多少让人感到有些遗憾。

4. 易水边上故事多（唐·骆宾王《于易水送人》）

于易水送人

此地别燕丹，壮士发冲冠。

昔时人已没，今日水犹寒。

【注释】

①燕：燕国；②丹：这里指燕国的太子丹；③冠：帽子；④昔：从前；⑤没：是一个通假字，通"殁"，指死亡。

易水是流经河北省易县的一条河。人们一提到易水，就会想起一位古人——荆轲。在两千多年前，就在这条河边发生过一个悲壮的故事。

那个时候是战国时期，华夏大地上一共有七个大国家，叫作"战国七雄"。在这七个国家中，西边的秦国是最强大的，秦国的君主就想把其他六个国家都打败，把他们的土地全占领了。

于是，秦国首先打败了离自己最近的韩国和赵国。赵国的旁边就是燕国，燕国一看，这可不好，秦王接下来肯定要来打我们了，我们国家只有三十万军队，秦国可有六十万大军啊，如果秦国大军打过来，我们肯定要被打败。于是燕国的太子丹就找到了荆轲，想让他去秦国刺杀秦王。

这一天，就是荆轲启程去刺杀秦王的日子了，许多人都来为荆轲送行。因为过了易水不远就是秦国的地盘了，大家谁也不敢再往远处送，就选择易水作为送荆轲的最后一站。来送别的人全都穿着白色的衣服，带着白色的帽子，就好像是参加葬礼一样。因为他们知道，这是见荆轲

的最后一面了，如果他成功地杀死了秦王，也不可能逃回来，秦王周围的士兵一定会杀死他；如果他失败了，没有杀死秦王，那么肯定也会被秦王杀死。

这个时候荆轲的一个好朋友就打起拍子唱起了送别的歌曲，大家越听越伤心，都流下了眼泪。荆轲看见就扬起脖子，哈出一口气，在寒冷的冬天里，口中吐出的热气形成一道白雾，他大声唱起来：

风萧萧兮易水寒，壮士一去兮不复还。

荆轲说："风呼呼地吹，把易水岸边吹得很冷，壮士这次去了就再也不回来了。"大家听着荆轲豪壮的歌曲，也都激动起来，大喊着"为了我们的燕国一定要杀了秦王"，个个愤怒得头发都竖了起来，把头上的帽子顶得高高的。荆轲唱完这首《易水歌》便跳上车，头也不回地走了。太子丹被荆轲的英雄气概感动了，端起一杯酒跪在地上，朝着荆轲远去的方向举杯敬英雄。

虽然最后荆轲还是失败了，没能杀死秦王，在秦国的宫殿上被乱剑砍死；虽然也有些人说荆轲这种一个人去送死的做法根本就是错误的，但是他不怕牺牲、英勇无畏的精神还是得到了大多数人的肯定。

后来，很多有名的诗人、文学家都为荆轲刺秦王这段故事写过诗文。有汉朝的历史学家司马迁，有东晋的诗人陶渊明，还有宋朝的文学家苏轼，但这其中以唐代的诗人骆宾王写的一首诗流传最广。就是那个七岁写《咏鹅》的骆宾王，他长大后有一次在易水边送别自己的好朋友，就想起了当年燕国君臣在易水边上送荆轲的这段历史，于是挥笔写下《于

易水送人》这首诗：

> 此地别燕丹，壮士发冲冠。
>
> 昔时人已没，今日水犹寒。

骆宾王十分敬佩荆轲的壮志豪情，也想像他一样报效国家。

5. 李白与王昌龄的友情（唐·李白《闻王昌龄左迁龙标遥有此寄》）

闻王昌龄左迁龙标遥有此寄

杨花落尽子规啼，闻道龙标过五溪。

我寄愁心与明月，随风直到夜郎西。

【注释】

①左迁：贬谪，降职；②龙标：古代地名，在今天湖南洪江市；③杨花：柳絮。④子规：杜鹃鸟，又称布谷鸟；⑤夜郎：中国西南地区少数民族曾在今贵州西部、北部和云南东北部及四川南部部分地区建立过政权，称为夜郎国。

这一年，边塞诗人王昌龄因为一些小罪名被抓了起来，到底是什么罪名呢？历史上也没有详细的记载。最后判决下来了，他被贬到了龙标这个地方去当小县尉。龙标就是今天湖南省的一个小县城，在唐代的时候，这个地方特别偏僻和荒凉，一般人都不会去那里，只有犯了错误的人才会被流放到这个地方。流放是古时候对罪犯的一种惩罚，就是把他们放逐到边远的地区。

要去龙标这个地方就要路过"湘西五溪"，就是湖南西部的西水、辰水、溆水、舞水和渠水这五条河流。古代人都认为，这五条河水里有毒气，人走到那里就很危险，很容易染上疾病。东汉的时候有一个大将军叫马援，他说过一句话："男子汉应该死在边疆战场，用马皮包着尸体下葬。"这句话创造了一个成语，叫"马革裹尸"，用来形容英勇作战、为国家献身的决心。他最后就是在去五溪出征的时候，感染了严重的疾病才去世的。

拿到了判决，王昌龄就要启程去偏僻荒凉的龙标了。李白这个时候还在江南旅游，他听说了这件事，非常担心自己的好朋友，便连夜写了一首诗，托人千里迢迢地捎给王昌龄。这首诗就叫作《闻王昌龄左迁龙标遥有此寄》。左迁，就是降低官职的意思。在古代，右代表尊贵，相对的，左就代表低下，说右迁就是说你升官了，左迁就是说被降职了。古人举办盛大宴会时，受到主人尊重的客人就会被安排在主人的右手边坐下。李白这首诗是这样写的：

杨花落尽子规啼，闻道龙标过五溪。

我寄愁心与明月，随风直到夜郎西。

　　"杨花"就是柳絮，为什么柳絮要叫"杨花"呢？那是因为柳树又被称为杨柳。可为什么柳树又叫作杨柳呢？据说这是因为在隋朝的时候，有一个皇帝叫杨广，他建造了一条从南到北的大运河，还下令在这条大运河的两岸都种上柳树，并且亲自栽了一棵，还给柳树赐了皇家的姓——杨，所以后来的人就都把柳树叫作"杨柳"。

　　"子规"是杜鹃鸟的别称。为什么杜鹃又叫子规呢？相传这种鸟是上古时代的望帝杜宇变的。他死后就化作了一只小鸟，由于思念故土，这只小鸟整天叫着"不如归去"，叫着叫着嘴都滴出血来。人们就把这只鸟叫作"子规"，把它滴下的血化成的花叫作杜鹃花。

　　李白对王昌龄说：五六月这个时候柳絮已经飘完了，杜鹃鸟也开始啼叫了，我听到了你要被贬到龙标那里去的消息，据说去那里要经过特别危险的五溪，我真的是为你担忧。可是我距离你那么远，也不能陪着你，就让我把自己的心寄托给明月，让它随着风伴随着你安全地到达夜郎西边的龙标吧。

王昌龄虽然被处罚了，还被贬到那么偏远的地方，可是作为好朋友，李白一点儿也不嫌弃，而是第一时间送去自己的关怀，这才是患难见真情。

6. 唐代流行歌曲"渭城曲"（唐·王维《送元二使安西》）

送元二使安西

渭城朝雨浥轻尘，客舍青青柳色新。
劝君更尽一杯酒，西出阳关无故人。

【注释】

①浥：湿润；②阳关：在今甘肃敦煌的西南边，是古代通往西域地区的重要关口；③故人：好朋友。

这一年的春天，王维的一个好朋友元二接到了朝廷的命令要前往安西这个地方办事。元二姓元，在家中排行老二，所以好朋友都喊他元二。在古代，每个家庭都有很多孩子，大家就习惯直接按照排行称呼别人。

安西是哪里呢？它是唐朝为了管理西域地区设立的一个部门——安西都护府的简称，这个部门的府衙在龟兹城，就是今天新疆维吾尔自治区库车县，离长安城非常远。

因为唐朝的地域特别大，有一些比较远的地方都是少数民族地区，管理起来非常不方便。于是皇帝就在这些地方设立专门的机构，叫都护府，在长安城西边的就叫作安西都护府，还有安东、安北等好几个都护府。

好朋友元二就要去西北边疆的安西都护府了，王维十分舍不得，就把元二一路送到长安城西边的渭城。渭城就是现在的咸阳市，在西安市的西边。眼看快到中午了，两个人便在渭城找了家小饭馆吃饭。早晨天空下过一阵雨，雨不大，才刚刚淋湿了土地就停了。可是旅店屋顶青色的瓦片被雨水冲刷以后就显得特别干净，像新铺上的一样，道旁的柳树上的柳叶被雨水润湿之后也显得格外翠绿，嫩得好像是新长出来的一样。

吃完饭，元二牵着马就准备上路了。王维又拿出一杯酒，说道："咱们再喝一杯吧，你这一去不知道多久才能回来，我们要有很长一段时间都不能见面了。从这儿往西出了阳关就是西北边疆了，那里风沙很大，有无边的沙漠和戈壁，你可就找不到像我这样知心的好朋友了。"

元二拿起酒杯一饮而尽，握着王维的手说："放心吧，办完事我就会回来，到时候咱们再一起喝酒。"说着，跨上大马，扬鞭远去。

王维望着朋友远去的身影，默默祝福着："一路顺风！"

回到家后，王维就写了一首诗——《送元二使安西》：

> 渭城朝雨浥轻尘，客舍青青柳色新。
> 劝君更尽一杯酒，西出阳关无故人。

王维的这首诗一经发表就被很多人喜欢，一下子出名了。后来乐府还特意将这首诗编写成了一首歌曲，专门在送别的场合演唱，所以这首诗也被叫作《阳关曲》《渭城曲》。又因为这首歌曲一共有三大段的唱词，所以后人也把这首诗改编的歌曲叫作《阳关三叠》，这是当时最流行的送别歌。

王维不仅写诗好，绘画棒，对音乐也是相当精通的。据说有一次，一位客人拿了一幅画，上面画着的是一些琴师在弹奏乐曲的场面。王维看了以后就告诉客人说："你这幅画描绘的是演奏《霓裳羽衣曲》第三叠第一拍的情景。"

客人不相信，心想，画师画出来只是当时正演奏的这一声的情况，有这个声调的歌曲有很多啊，怎么能从一幅画上就断定他画的是哪首歌曲的哪一声呢？于是，他便找来一些乐师照着图演奏，结果一点儿不差，这幅画画的正是《霓裳羽衣曲》的那一拍。可见王维在音乐方面也是非常厉害的，难怪写的诗都能被改编成风靡大江南北的流行歌曲。

7. 唐朝著名乐师李龟年（上）（唐·王维《相思》）

相　思

红豆生南国，春来发几枝。

愿君多采撷，此物最相思。

【注释】

①红豆：一种生在江南地区的植物；②采撷（xié）：采摘；③相思：想念。

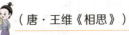

在唐朝唐玄宗时期，河南省洛阳市出了一个特别著名的音乐家叫李龟年，他被后人称为"歌圣"。李龟年和家中两个兄弟李彭年、李鹤年都非常有文艺才华，李彭年擅长跳舞，李龟年和李鹤年则擅长唱歌。这三兄弟中属李龟年最厉害，他不仅歌唱得好，还精通许多种乐器。

唐玄宗的一个弟弟岐王就掌管着洛阳这片地方，他特别热情好客，也特别喜爱音乐，于是常常邀请一些文人学士和乐者在自己的府衙里聚会。李龟年因为音乐才能高，所以也常常作为宾客被邀请来。而被邀请来的还有一个著名的诗人，他就是杜甫。杜甫少年时代一直在洛阳生活，十四五岁的时候就因为文章写得好在当地出名了。一个是音乐家，一个是大诗人，一个作曲，一个写词，李龟年和杜甫两个人很快就成了好朋友。

后来李龟年三兄弟因为演出歌舞剧十分出色，便被召入首都长安城。他们三个人在长安城一起创作了一首曲子——《渭川曲》，这个曲子一创作出来，立刻就受到了许多人的欢迎，一下子就出名了。连当时喜欢音乐的皇帝唐玄宗听了之后都赞赏他们唱得好，因此常常请他们三人进宫为自己演出，还封李龟年为梨园的教官。什么是梨园啊？这是喜爱音乐的唐玄宗组建的一个皇家歌舞团，里面有他亲自挑选的全国最优秀的音乐家三百人和一群能歌善舞的宫女。他们每日都在长安城里一个种满了梨树的叫"梨园"的地方表演、排练。所以人们就称呼这个团体为梨园。后来人们就把"梨园"与戏曲艺术联系在一起，戏班、剧团都被称为"梨园"，戏曲演员称为"梨园子弟"，戏剧界则称为"梨园界"。

在长安城中，李龟年又结识了很多大诗人，有诗仙李白，还有能诗能文的王维。王维在长安城中做过太乐丞这个官，什么是太乐丞呢？就是负责国家礼乐的一个官职。李龟年又是有名的音乐家，自然和王维成了好朋友。王维也为"梨园"写过很多首歌词，其中有一首梨园弟子特别爱唱，成了当时的流行歌曲，叫《相思》：

> 红豆生南国，春来发几枝。
> 愿君多采撷，此物最相思。

红豆是一种植物结出的红色的籽，传说古代有一位女子，因丈夫死在了边疆，她便伤心地在树下哭，哭着哭着就悲痛过度死去了，变成了红豆，于是人们又把红豆叫作"相思子"。

这首诗还有一个名字叫作《江上赠李龟年》，是王维专门写给好朋友李龟年的。后来李龟年离开了首都长安，在各种表演中也常常唱起这首歌曲，怀念老朋友王维。

8. 唐朝著名乐师李龟年（下）（唐·杜甫《江南逢李龟年》）

江南逢李龟年

岐王宅里寻常见，崔九堂前几度闻。

正是江南好风景，落花时节又逢君。

【注释】

①岐王：唐玄宗李隆基的弟弟；②寻常：经常；③崔九：崔涤，在兄弟中排行第九，中书令崔湜的弟弟；④落花时节：指暮春，通常指农历三月。

因为李龟年兄弟三人精湛的演绎，他们很快就在首都长安出名了。长安城里的各种豪门贵族在宴请宾客或者举办庆典的时候都争着邀请他们兄弟前来演出，并且每次演出之后都支付给他们很高的出场费。他们凭借着一次次演出赚了很多的钱。这么多的钱，除了平日的花费还有不少结余，于是兄弟三人就在老家洛阳建造一座大宅子，这座宅子比当时朝廷里很多大官员的宅子还要豪华雄伟。

后来，"安史之乱"发生了，一切都改变了。叛军安禄山霸占了北方的大部分地区，皇帝唐玄宗都逃去了成都。长安城里的人都顾着逃难，哪里还会有什么人看演出听歌曲啊？在战乱中，李龟年兄弟也纷纷逃到了湖南湘潭一带。

李龟年流落到南方，靠着给别人唱歌赚点钱来生活，现在他一次演出赚的钱可不如以前那样多了。以前他可是梨园的首席演唱家，而且还倍受皇帝的喜爱。而现在国家处在战乱之中，大家的生活都很艰难，娱乐活动少了很多，大型的宴会也很少举办。

这一年五月初的一天，李龟年受到邀请，在当地举办的一个小宴会上唱歌。他赶紧收拾好自己的乐器，一大早就赶往宴会的举办地。他正在大街上急匆匆地赶路，就听见身后有人喊他："李兄，李兄！"回头一看，原来是自己年轻的时候在老家结交的好朋友——大诗人杜甫。

"安史之乱"的时候杜甫不是逃去了成都草堂吗？怎么又跑到湖南来了呢？那是因为帮助杜甫的那个好朋友严武去世了，杜甫在成都没有了依靠，便带着家人离开了成都草堂，一路漂泊来到了湖南，因为他在湖南还有一个好朋友。两个老友在远离家乡的地方相见，都感慨万分。杜甫看着曾经闻名天下的大音乐家如今却如此落魄，就想起了年轻时候的日子。那时他们都在洛阳，常常在豪门贵族的盛宴中见面。那时候杜甫常常能欣赏到李龟年精彩的演出，他就好像大明星一样受到万人追捧。想到这种今昔对比，杜甫便写下了一首诗——《江南逢李龟年》：

岐王宅里寻常见，崔九堂前几度闻。

正是江南好风景，落花时节又逢君。

关于岐王，上一小节已经讲过了。那么崔九又是谁呢？崔九的名字叫作崔涤，他在家中排行老九，所以大家就叫他崔九。崔九有个哥哥在唐玄宗的时候当过中书令，中书令可是个不小的官，相当于宰相了，崔九自己也做过官，而且特别受唐玄宗的喜爱。杜甫说，曾经那些光辉的景象就像现在的落花一样都凋亡了，国家也因为"安史之乱"从繁盛走向了衰败。

那一天李龟年在宴会上唱起了王维的《相思》，借这首诗来表达对唐玄宗的思念，希望他能南下来看看自己这位老朋友。唱着唱着他就想到了当初在梨园的时候唐玄宗和自己一起研究音乐的情景，两个人就好像知音一样。这个时候唐玄宗在哪里啊？他已经不是皇帝了，他的儿子李亨当了皇帝，叫唐肃宗，他已经很大年纪，"退休"了，当上了太上皇。

唱完这首歌之后，李龟年又唱了一首王维写的《伊州歌》。这两首曲子可都是他在梨园时最拿手的曲目，这一曲一唱完，他就昏倒在了地上，一直昏迷了四天才苏醒过来，醒之后也一直心情忧郁，没有多久便去世了。而"诗圣"杜甫也在写完《江南逢李龟年》这首诗后不久，离开了人间。

9. 慷慨奇士刘景文（宋·苏轼《赠刘景文》）

赠刘景文

荷尽已无擎雨盖，菊残犹有傲霜枝。

一年好景君须记，正是橙黄橘绿时。

【注释】

①荷尽：荷花枯萎；②擎：举，向上托。③雨盖：在这里指荷叶舒展的样子；④菊残：菊花凋谢；⑤犹：仍然；⑥须记：一定要记住。

刘景文，原名叫作刘季孙，是北宋的一个诗人。他的父亲是宋代大名鼎鼎的将军刘平。刘景文不仅从父亲那里学到了一身好武艺，还自己学习了很多文化知识，写得一手好诗文，是个能文能武的人才。刘景文还有一个爱好，就是收藏图书和名人书刻，他当官的工资也基本全都用来收藏这些东西了。有一次，诗人张耒送他搬家，看到他光是搬运自己收集的这些书籍就足足搬了大半天，有三万多本，便写了一句诗："将军好书如郤縠，文史随船三万轴。"郤縠是春秋时期晋国的一名大将军，他不仅武艺高强，为国家立下了很多战功，而且善于读书，很有学问。后来，人们就常常用他的名字来比喻儒将。儒将就是指能文能武，文采和武功都很出众的将军。张耒说刘景文是像郤縠一样文武双全的人。

刘景文在历史上并不是很有名气，大家能够记住他的名字完全是因

180

为大文豪苏轼曾写过一首著名的诗——《赠刘景文》。

苏轼在杭州做官的时候，刘景文正好也在杭州做两浙西路兵马都监。因为刘景文酷爱文学，于是和苏轼成了好朋友，两个人常常一起喝酒一起谈论诗文。

这一年，刘景文已经五十八岁了，可是自从他当官以来一直都被任命为一些小官职，始终得不到朝廷的重用。刘景文的父亲是大名鼎鼎的将军刘平，为什么他作为一个大将军的儿子，却没有获得一个重要的官职呢？这还要从一场战争说起。

公元 1040 年的时候，西夏的首领李元昊率领着军队准备进攻宋朝西北边境的一个重要军事基地——延州，也就是今天的延安。当时，宋朝就派刘平率领军队前去增援迎战。刘平率领大军昼夜不停地赶赴前线，却在三川口这个地方遭遇了西夏军队的偷袭，双方苦战多日，均死伤惨重。刘平为了保存实力，就叫自己的儿子赶紧去向身后的另一路大军的将领黄德和求援。只要有人来增援，大家就可以突破西夏军队的包围。

可是，黄德和非常害怕西夏的首领李元昊，就故意拖着不往前走。刘平知道了这个消息，就派使者训斥黄德和："现在正是应该合力抗敌的大好时机，你为什么要带着军队退缩不前呢？"黄德和听到刘平的训斥，害怕受到惩罚，于是干脆直接调转军队，远远地离开了战场。没有支援的刘平，只能独自对抗西夏大军，在抗争了很多天后，最终还是战败了，刘平也被西夏军俘虏。

黄德和为了掩盖自己擅自退兵的事情，就向朝廷报告，说刘平已经率领着大军向西夏投降了，自己势力太弱，只好退兵。朝廷听到这样的报告，立刻派人抓捕了刘平的家属，准备在调查属实后严厉惩罚他们。

黄德和自以为刘平的军队已经全军覆没了，自己的谎话也不会被人揭穿。可是没有想到，有两个参加了三川口战役的士兵居然逃了回来，他们说出了战场上的真实情况。经过一番调查，大家这才发现真相是黄德和擅自退兵，导致了战争失败，刘平并不是叛徒，而是前线抗击的英雄。当时，许多人都认为刘平已经战死，于是朝廷褒奖了刘平的亲属，处死了逃跑的黄德和。

但是，时隔不久，又从西夏传来了消息，说刘平竟然没有死，而且还在西夏做了官。听到了这样的消息，刘景文不敢相信，皇帝也不敢相信，但是朝廷上很多的大臣都因为这个消息断定刘平背叛了宋朝，背叛了自己的国家，于是谁也不愿意再搭理刘平的家属。

也因为这件事，刘景文虽然是文武全才，但是始终得不到朝廷的重用，只被授予一些没有实权的小官职。

苏轼在了解了刘景文之后，十分欣赏他的文采和人品，专门给朝廷写了一封信，赞赏刘景文，希望国家能够重用这样的人才，又专门写下了一首诗送给他：

荷尽已无擎雨盖，菊残犹有傲霜枝。

一年好景君须记，正是橙黄橘绿时。

苏轼说，虽然到了秋末初冬，可是一样有橙黄橘绿这样美丽的风景。他是在鼓励刘景文，尽管年龄已经大了，但还是要保持乐观向上的精神，不懈努力。

10. 为了写诗差点儿出车祸（唐·贾岛《题李凝幽居》）

题李凝幽居

闲居少邻并，草径入荒园。

鸟宿池边树，僧敲月下门。

过桥分野色，移石动云根。

暂去还来此，幽期不负言。

【注释】

①分野色：山野的景色被桥分开；②云根：古人认为"云触石而生"，所以把石头称为云彩的根；③幽期：时间非常漫长；④负言：指没有履行诺言，失信的意思。

之前讲过贾岛写诗写三年的故事，大家一定觉得，贾岛已经非常认真了。其实还不止这样，贾岛还有一次为了写诗忘了看路而闯进了大官出行的队伍，差点儿发生了交通事故。

这一天，贾岛去拜访自己的好朋友李凝。李凝在山中新盖了一间小屋，贾岛以前从没有去过，结果，因为不熟悉路，找了一整天才找到李凝的家。等来到李凝家门口的时候，都已经是晚上了，夜深人静，月光皎洁。贾岛伸手咚咚咚地敲门，结果敲门声惊醒了在树上休息的小鸟，小鸟就吱吱吱叫了起来。可是，敲了半天门，里面也没人出来。原来，李凝这几天正好出远门游玩去了，根本不在家。贾岛想着，自己好不容易来了，可是朋友却不在家，干脆就在他们家大门上写首诗留下来好了，这样李凝一回来就知道自己已经来过了。

贾岛拿出笔，蘸了点墨汁，就开始在门上写：

闲居少邻并，草径入荒园。
鸟宿池边树，僧敲月下门。
过桥分野色，移石动云根。
暂去还来此，幽期不负言。

僧人就是贾岛自己，因为贾岛早年出过家，当过和尚，所以自称为僧人。

贾岛说：这个地方真是偏远又幽静，周围一个邻居也没有，只有铺满杂草的小路通向小园子。鸟儿在池边的大树上休息，而我在月光下正敲着门。走过山中的石桥就能看见美丽的原野，云就在脚底下飘动，感觉好像山上的石头也跟着移动一样。我暂时要离开这里，但是还会按照

约定好的日期再来拜访你的。

　　留下了诗，第二天，贾岛就骑着毛驴准备回家了。走在大街上，他就想起了昨晚自己写在李凝家门上的那首诗，其中有一句："鸟宿池边树，僧敲月下门。"他左想右想觉得这首诗中"敲"这个字用得好像不太好，应该改成"推"字，于是，他就骑在驴背上，用手做着推门和敲门的动作，在心里揣摩着究竟用哪个字好。因为想得入迷，根本没顾上看前面的路。走着走着，毛驴就跑进了一行马队里。

　　原来这是当时的大官员韩愈出巡的马队。侍卫们一看，怎么一个人骑着驴闯进队伍里来了？便把贾岛带到了韩愈的面前。

　　贾岛赶紧给韩愈赔礼道歉："韩大人，实在对不起，我刚才因为想诗句想得入迷，才不小心冲撞了你的马队。"

　　韩愈也是当时非常有名的大文学家，文章写得特别棒。他听到贾岛说写诗的事情，也就没有怪罪他，问："你想什么诗句想得竟然如此入

迷，连路都忘了看了？"

  贾岛就把自己刚才想诗句的事情一五一十地告诉了韩愈。

  韩愈听后，思考了一会儿，说："我觉得还是'敲'字好！你去别人家拜访，也不知道主人是不是在家，当然敲门要更礼貌些啊。而且咚咚咚的敲门声更能显出夜深宁静啊。"

  贾岛一听，觉得韩愈说得确实有道理，便最终把这个字定为了"敲"。

  因为贾岛写诗用"推"还是用"敲"的故事，就诞生了"推敲"这个词语，这个词语的意思就是写文章或者做事时，反复选择与思考，以求更准确。

第六章　游子思乡情深深

『举头望明月，低头思故乡。』每一位出门在外的人都会思念自己的家乡，想念自己的亲人，诗人也有一颗对家无尽思念的心。

1.妈妈的爱（唐·孟郊《游子吟》）

游子吟

慈母手中线，游子身上衣。

临行密密缝，意恐迟迟归。

谁言寸草心，报得三春晖。

【注释】

①游子：离开家的人；②临：将要；③意恐：担心；④三春：旧称农历正月为孟春，二月为仲春，三月为季春，合称三春；⑤晖：阳光；形容母爱如春天温暖、和煦的阳光照耀着子女。

孟郊和古代很多学生一样，都要参加一级一级的考试来考取官职，可是他的考试成绩总是不好，考了一次又一次，一直到了四十六岁第三次去首都参加全国考试才考中了进士。又过了几年，到了五十一岁才被选派到了溧阳当县尉。

孟郊到了溧阳，第一件事情便是从家乡把自己的妈妈接到身边好好照顾。这天晚上，孟郊知道自己的妈妈已经启程上路，很快就要来到自己的身边，心里特别高兴。

夜深了，他看着一点一点燃烧的蜡烛，想着就要与妈妈相见了，怎么也睡不着。他想起了以前，自己每次离开家去首都参加考试的前几天，

妈妈总是坐在烛光边为自己缝制御寒的衣服。因为古时候既没有汽车，也没有火车，更没有飞机，出远门都是走路或者骑马，孟郊的家在浙江，唐朝的首都在今天的西安，去参加考试，加上来回路上的时间，每次都要花上好几个月。

孟郊的妈妈在缝制衣服的时候，每缝一针，就说一句："保佑我的儿子平平安安，早日归来。"她把衣服一针一针缝得密密的，因为她相信缝得越密，保佑孩子的话说得越多，自己的孩子就能穿着这件满是妈妈祝福的衣服在外面平平安安。

孟郊想着这样的场景，无数个将要离开家的夜晚，妈妈都在灯下为自己赶制衣服，不禁感慨道：母爱就好像是春天的太阳，子女就好像是地上的小草，太阳不断给小草温暖，滋润着小草茁壮成长，从不求回报。面对妈妈这样无私的爱，我们做子女的怎么报答得了啊。

于是他提笔写下一首诗——《游子吟》:

慈母手中线,游子身上衣。

临行密密缝,意恐迟迟归。

谁言寸草心,报得三春晖。

等孟郊写完诗,天已经亮了。有人来告诉他,他的妈妈已经到溧阳了,正往他住的地方来呢。他赶紧在诗句的旁边写下"迎母溧上作",意思就是迎接妈妈来溧阳的时候写的,便急忙出门去接自己的妈妈了。

2. 古代最长寿的诗人——贺知章(唐·贺知章《回乡偶书》)

回乡偶书

少小离家老大回,乡音无改鬓毛衰。

儿童相见不相识,笑问客从何处来。

【注释】

①偶书:随便写的诗;②老大:年纪大了;③鬓毛:额角边靠近耳朵的头发。

唐代有个长寿诗人，名叫贺知章。古代人的寿命要比现代人少很多，所以古人总说"人生七十古来稀"，意思就是能活到七十岁的人就已经很稀少了，而贺知章活到了八十六岁，在唐代那可要算是真正的老寿星了。

　　贺知章在很早的时候就离开了家乡浙江，三十六岁的时候来到首都长安参加科举考试。他考得特别好，中了当年的状元，就是所有参加考试人里的第一名。皇帝一看贺知章的成绩这么好，就留他在长安城里做了官。就这样，贺知章在长安做官一直做到了八十六岁。

　　这年，已经八十六岁的贺知章，头发胡须全白了，腿脚也不太好了，走路也慢了，腰也直不起来了，还生了一场大病，差点儿丢了命。于是他就对皇帝说："我的年纪实在太大了，身体也不怎么好了，不能再在朝廷里当官了，请你让我辞去官职，回家乡去养老吧。"因为贺知章在朝廷当了五十年的官，工作特别努力，也干出了很多成绩，皇帝就领着自己的儿子，带着满朝官员一起去给贺知章送行。

　　经过了很多天的颠簸，贺知章终于回到了自己的家乡。当他走到村口时，看到分别几十年的故乡就在眼前，又激动又开心。心中想着：这就是我少年时候离开的故乡啊，转眼间，已经几十年过去了，我都从一个俊朗的少年变成一个白发苍苍的老爷爷了。我虽然在外面做了几十年的官，说话还带着家乡浙江方言的音调。

　　贺知章边想边走，突然有一群七八岁的孩子活蹦乱跳地跑到他跟前，他们歪着脑袋看着贺知章，又相互看看，摇摇头，小声地议论起来。

　　"我怎么没见过他啊？"

　　"你认识他吗？"

　　"这是谁家的爷爷啊？"

　　最后，其中一个孩子实在忍不住了，拉着贺知章的手大胆地问道：

"老爷爷，你是从哪里来的啊？来我们这里是找人吗？"

贺知章笑了笑，没有回答。心想着：我离开家乡的时候，你们这些孩子还没有出生，你们怎么会认识我啊？而我这个家乡人却被你们当成了客人，这真是一件可笑的事啊。

等进了家门，贺知章铺开纸，把白天的场景写成了一首诗，名字就叫作《回乡偶书》：

少小离家老大回，乡音无改鬓毛衰。
儿童相见不相识，笑问客从何处来。

我年少的时候就离开家乡了，到了老年才回来。我家乡的口音虽然没有改变，但是鬓角的毛发却因为衰老而越来越少了。家乡的小孩子们见了我，都不认识我，他们还笑着问我：这客人是从哪里来的呀？

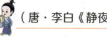

3. 李白想家了（唐·李白《静夜思》）

静夜思

床前明月光，疑是地上霜。

举头望明月，低头思故乡。

【注释】

①床：指古代水井旁边木头结构的围栏，叫作井床；②疑：好像。

关于李白名字的由来，有这样一种说法：

李白出生以后，他的父亲想着要给他起个既好听又有意义的名字，可是翻字典翻了很久也没找到一个合适的名字。就这样一拖再拖，一直到了李白一岁的时候，他的父亲还没有给他起好名字。

在古代，小孩子满一岁，为了庆祝他的第一个生日，家里会举办一个特别重要的仪式，叫作抓周。什么是抓周呢？就是摆上一个大案板，在案板上放上各种各样的东西，有印章、书本、毛笔、算盘、玩具、铜钱等，然后把小孩子放在中间坐着，看孩子先伸手抓哪个东西，以此来预测他将来从事的职业。比如抓了印章就预示着以后会做大官；抓了毛笔就预示着以后能写一手好文章；抓了算盘就预示着以后会成为一名商人。

李白抓了一个什么呢？他抓了一本《诗经》。《诗经》这本书是中

国最早的一本诗歌集。这下李白的父亲可高兴坏了，他一看到儿子抓了一本《诗经》，心想以后自己的儿子一定会成为一个大诗人，那可一定得起一个有诗意的好名字。于是，又想了很久，一直想到了李白七八岁的时候，还是没有想到合适的。

这年春天，李白一家人在庭院游玩，李白的父亲看见院子中开放的各色花朵，就想作首诗，他瞥见最早开放的黄色的迎春花，就开口说道："春风送暖百花开，迎春绽金它先来。"吟完这两句他就停下来了，转过头对着李白母子说："你们二人来给这两句诗补上下面的两句吧。"

李白的母亲看到红色的杏花，就接了一句："火烧杏林红霞落。"

话音刚落，李白就指着院中盛开的白色李花说道："李花怒放一树白。"

李白的父亲听了，连连拍手叫绝，夸赞儿子有诗才。李白的这句诗，第一个字正好就是自己家的姓——李，而且李花洁白如雪、超凡脱俗，这句诗简直太棒了。这时候李白的父亲灵机一动，说道："不如就用这句诗的首尾两个字给儿子起名吧，叫作'李白'。"这就是李白名字的来历。

李白年轻的时候就离开家乡到全国各地去旅游。因为在外面漂泊了很久，有时候难免会想念家乡。有一天夜里，李白住进了一家旅店。那时已经夜深人静了，可是他躺在床上却怎么也睡不着，于是就起床披上衣服，走到旅店外散步。

这天晚上的月亮特别明亮，在月光的照耀下，李白走着走着就来到了一口水井边，水井边被皎洁的月光照着，白茫茫的一片，就好像是铺了一层霜一样。看见水井，李白就想起家乡小村里的那口水井，他抬起

头望着天上的月亮，心中说着：不知道家乡的亲友是不是也看着月亮在想念我啊。

这个时候，李白吟出了一首小诗——《静夜思》：

床前明月光，疑是地上霜。

举头望明月，低头思故乡。

这里的床不是我们平时睡觉的床，而是指水井旁边的围栏。为什么看见水井会想到家乡呢？因为在古代，人们都是在有水的地方居住，水井就是有水源的地方，所以水井周围会有村落、有人群，也因此，人们离开家乡也就是离开了水井，看见了水井就会想念起家乡。

4.逃过一劫的李白（唐·李白《早发白帝城》）

早发白帝城

朝辞白帝彩云间，千里江陵一日还。

两岸猿声啼不住，轻舟已过万重山。

【注释】

①白帝城：故址在今重庆市奉节县白帝山上；②朝：早晨；③江陵：今天湖北省荆州市；④还：返回。

李白给被贬官的王昌龄写过一首诗，诗的最后一句是："随风直到夜郎西。"李白在写这首诗的时候怎么也没有想到，很多年后，自己居然也被流放到了夜郎这个地方。

这段故事还要从"安史之乱"说起。安禄山带着叛军就要打到长安城了，当时的皇帝唐玄宗很害怕，于是就带着一伙人逃跑了，准备逃去成都躲躲。皇帝都逃走了，谁来指挥军队抵抗叛军呢？大家都觉得皇帝自己跑了不管国家，这个做法简直太荒唐、太无能了，这样的皇帝根本就不称职。于是，皇帝的儿子李亨，还有很多大臣就没有跟着唐玄宗逃去成都，这些大臣们拥护着李亨，让他继承皇位，当了皇帝，这就是唐肃宗。

唐玄宗光顾着拼命地往成都逃，根本不知道自己的儿子李亨已经当上了皇帝。就在逃亡的路上，他颁布了一道命令，让他在全国各地的儿子们一起对付叛军。当时有一个儿子，就是李亨的弟弟，叫作李璘，他是管理江南地区的。他召集了很多人，组建了一支军队，准备去攻打安禄山。

李白这个时候正好也在江南地区，他一心想着要为国家干点事，正好看见李璘要去攻打叛军，就加入了李璘的队伍。

可是现在是李亨当皇帝了，他看见自己的弟弟一直在召集人才、组织军队，十分担心。担心什么呢？担心自己的弟弟有了很强大的军队，就会来跟自己争夺皇位。于是他马上对自己的弟弟说："你赶紧解散了你的军队，不要到北边来。我自己会派军队去打仗的。"可是李璘偏偏不听，还是带着军队向北边前进。这不就是在和皇帝作对吗？李亨当然不会饶了他，马上派出军队把李璘的队伍镇压了下去。李白也因为参加了李璘的军队，而被判决流放到夜郎。

夜郎距离王昌龄被贬的龙标很近，在唐朝都是偏僻荒凉的地方。有个成语叫"夜郎自大"，说的就是夜郎这个国家。在汉朝的时候，西南方有个小国家叫作夜郎，地方特别小，面积就是汉朝的一个县那么大吧。但是夜郎国的国王并没有出过国，也不知道其他国家的大小，就以为全天下只有自己的国家最大。有一次，汉朝的一个人从这里路过，夜郎国的国王就问他："汉朝和我们夜郎国哪个大啊？"汉朝人听见就笑了起来，因为汉朝不知道要比夜郎国大多少呢。"夜郎自大"说的就是夜郎国的国王，说他骄傲又无知。

但是唐朝的夜郎已经不是这个故事里的夜郎国了，它只是一个小县的名字。

李白收到判决书就开始从江西的鄱阳湖往夜郎走，他走得特别慢，因为他不想去，可是又不得不去。一直走到第二年的初夏，他才走到长江三峡边上的白帝城，就是现在的重庆市奉节县。因为这个地方是西汉末年一个叫作公孙述的人建造的，公孙述的别称叫作"白帝"，所以这里就叫作"白帝城"。

　　李白这个时候正坐在船头，看见三峡两边又高又陡峭的山壁，还有猿猴在茂密的山间丛林中跳来跳去，发出"嗷嗷"的叫声，想着自己就要去偏远的夜郎了，李白十分郁闷。晚上，他乘坐的船就停在白帝城的岸边休息。突然，有个人给他传来一个消息，说皇帝大赦天下了。

　　"大赦"是什么意思啊？就是免除全国罪犯的刑罚。这个消息简直太好了，李白一听，高兴地跳了起来。这样一来，他就不用去夜郎了，可以自由自在地回江南去了。

　　第二天一大早，李白赶紧把船掉了个头，往东划回去，再不像来的时候那样慢吞吞的了。他越划越快，还高兴地唱起了歌，就想早点回到江南去。才一天的时间，他就把船从白帝城划到了江陵，江陵就是今天湖北省的荆州市。从白帝城到江陵可有一千二百多里的路程呢。到了江陵，李白停船在岸边休息，就写了一首诗——《早发白帝城》，说的就是他早晨从白帝城出发：

朝辞白帝彩云间，千里江陵一日还。

两岸猿声啼不住，轻舟已过万重山。

因为白帝城在山上，地势特别高，所以就好像在云彩里一样。李白心情高兴，归心似箭，就走得特别快。其实他去夜郎的路上也写了首诗，怎么写的呢？他说："三朝上黄牛，三暮行太迟。"黄牛是个地名，指黄牛峡这个地方，他光走这个地方就走了三天三夜还没走出去。可见，心情不好做什么都没劲儿，心情好了就干什么都很有劲儿了，李白划船不也是这样吗？

5. 偷来的千古名句（唐·宋之问《渡汉江》）

渡汉江

岭外音书断，经冬复历春。

近乡情更怯，不敢问来人。

【注释】

①岭外：岭南，现在的广东大部分地区；②书：书信；③怯：害怕。

宋之问是什么人啊？他是有名的初唐诗人，可是他的品德却不怎么好，简直可以算是古代品德最差的一个诗人了。他为了自己的利益，什么坏事情都做得出来。

有一次宋之问看见自己的外甥刘希夷写了一首诗——《代悲白头翁》，其中有两句是这样说的："年年岁岁花相似，岁岁年年人不同。"宋之问十分喜欢，就问外甥："你这首诗还没有公开发表吧？"

刘希夷说："是啊，这是我刚刚写好的。"

宋之问就想把这两句诗拿来当成自己写的，就对外甥说："那你就把这两句诗送给我吧。"

"这可不行，这是我最中意的两句诗，怎么能给你呢？"刘希夷自然不愿意让出这两句好诗。

宋之问看外甥死活不愿意把这两句诗给他，就想：这两句诗一旦发表了，一定会成为千古名句，名扬天下的，我可一定得想个办法把它据

为己有啊。

于是他就把刘希夷骗到自己家里，用装土的袋子把他给捂死了，当时刘希夷还不满三十岁。然后他把外甥的诗篇拿过来改了一个名字，叫作《有所思》，又把诗句里的"洛阳女儿"改成了"幽闺女儿"，然后就当作自己写的诗篇发表了。

为了抢两句诗就杀了自己的亲人，宋之问也真是坏透了。这么坏的人，自然也不会有什么好下场，在生命的最后几年，他也是过得非常痛苦。

在宋之问五十岁左右的时候，他被贬居到了岭南，就是现在的广东省。贬居就是古代当官的犯了错误，被派到远离首都的偏远地方去居住。唐朝的时候，广东是特别穷的地方，那里人也少，粮食也短缺，很多人到了那里都十分不习惯，慢慢就病死了。宋之问在那里熬过了一个漫长的冬天，等到春天来了的时候，他实在受不了那里的生活了，没有人聊天，没有商店，粮食短缺的时候甚至吃都吃不饱，而且最重要的是，这里连最基本的信鸽通信和快马传书都没有，大半年了，家人的消息一点儿也不传不进来。于是，宋之问就决定要逃走了，逃回家乡去。

他准备好了行囊就一路向北逃去，一路上想着，终于可以见到家人了，终于可以一家团圆了，心里特别激动，越走越快，想赶紧回到家中。他很快就走到了汉水，就在今天湖北省襄阳市，乘船渡江时，看着江对岸，他心想着，过了江可就离家很近了啊，然后突然害怕了起来。为什么害怕啊？不是应该高兴吗？那是因为他离开家已经大半年了，这么久的时间和家人一直没有联系，他也不知道家人是不是都平平安安，有没有因为自己犯的错误而被牵连，一起受罚。他越想越担心，越想越忧虑，生怕碰见一两个从家乡出来的熟人告诉他家人去世或者家人重病这样不好的消息。宋之问想着想着，就想写诗了，他便把自己当时的心情写成了一首诗，就叫《渡汉江》：

岭外音书断，经冬复历春。

近乡情更怯，不敢问来人。

虽然宋之问的诗写得特别好，但是当时及后来的文人名士都不喜欢他，因为他品德差，留下名诗的同时也背负上了"历史上名声最差的诗人"这个称号。所以古代的大教育家孔子就说："行有余力，则以学文。"意思是一个人要先学会做人，再去学习知识，如果品德不好，就算学问再大也是没有用的，人们只会厌恶他。

6. 一个字成就千古名句（宋·王安石《泊船瓜洲》）

泊船瓜洲

京口瓜洲一水间，钟山只隔数重山。

春风又绿江南岸，明月何时照我还？

【注释】

①泊：停泊；②京口：古城名，在今江苏省镇江市；③瓜洲：镇名；④钟山：今江苏省南京市的紫金山；⑤绿：吹绿；⑥还：回。

唐宋八大家之一的王安石特别喜欢改诗，不仅改自己的诗，还喜欢改别人的诗。当然，有的诗句改得特别好，但是也有的诗句改得就不怎么好。

有一次，王安石看见一首诗中有两句是这样写的："明月当空叫，黄犬卧花心。"王安石一看就哈哈大笑起来，心想："明月"不是挂在天上的月亮吗？怎么会叫啊？"黄犬"不是大黄狗吗？那么大怎么会卧在一朵花的中间呢？真是可笑。于是他提起笔把那两句改成"明月当空照，黄犬卧花阴"。后来他去南方旅游的时候，才发现那里有一种鸟叫"明月"，叫声婉转动听；有一种昆虫叫"黄犬"，常常在花朵间飞来飞去。这下子他才明白，那两句诗是对的，而自己孤陋寡闻，给人家改错了。

下面我们就讲一首他改写的自己的诗，这首就属于改得特别好的，改了之后，其中一句诗成了千古名句。

王安石生在江西，十六七岁的时候，跟着父亲一起搬去了南京市的江宁区。江宁区那儿有一座大山叫作钟山，就是今天南京的紫金山，从此他就把江宁当作了自己的故乡。王安石从小就特别聪明，而且非常喜欢读书，过目不忘，下笔成文。二十一岁的时候，他去参加考试，考了第四名的好成绩，被朝廷授予了官职，此后就一直在外当官。到了四十二岁时，他的母亲去世了，王安石才从外地回到家中，给母亲守孝。古代的时候，如果父母去世了，官员就要回家守孝三年，三年以后才能再回来工作，以表示对父母的尊重。

过了三年，皇帝喊王安石去工作。北宋的时候，首都在河南的开封市，离王安石的家乡还挺远的。王安石不愿意去当官了，就拖啊拖，说自己生病了，去不了，要在家里好好休养。王安石为什么不肯去做官啊？因为啊，之前王安石写了一篇上万字的文章，那是他辛辛苦苦总结出来的关于怎么让国家富强的建议，可是皇帝认为那些都没有用，居然一条也没有采纳。王安石伤心极了，就不再愿意去朝廷当官了。

又过了几年，这个皇帝死了，一位新的皇帝上台了，这个皇帝就是宋神宗。他跟前面的皇帝可不一样，他特别钦佩王安石，欣赏他的才华，于是又派人去请他回朝廷来，一起商量怎么让国家富强。

碰到如此重视人才的君主，王安石再不去工作就不太好了。于是这一年春天，他就决定启程回北宋的首都开封工作。这天夜里，他坐的小船正好行到京口和瓜洲的地带，京口在长江的南岸，瓜洲在长江的北岸，因为已经天黑了，船在晚上开不安全，就停在了瓜洲这个地方休息。这时候王安石并没有走出多远，但他已经有些开始想念家乡了，虽然他的家乡也就和这里隔着几座山而已。王安石看着江边，两岸的柳树都已经长出了翠绿的新叶，一轮圆月照着江面，波光粼粼，他就想：这一去，又不知道要在外地待多久，也不知道什么时候才能再回到家乡啊。

然后他就写了一首诗，叫《泊船瓜洲》，就是说这首诗是在瓜洲这个地方停船的时候写的：

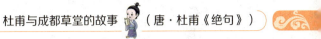

> 京口瓜洲一水间，钟山只隔数重山。
> 春风又绿江南岸，明月何时照我还？

　　很久很久以后，有人发现了王安石写这首诗的草稿，他把"春风又绿江南岸"中的"绿"字圈了改、改了圈，反复了好几遍。最初写时，是"又到江南岸"，然后自己圈起"到"字，注解说"不好"，改为了"过"字，然后又圈起来，再改为"入""满"……就这样一共改了十几个字，最后才定为"绿"字。就是这一个"绿"字，既表达了春风的到来，又表现出了春天到来后千里江岸一片新绿的景物变化，简直妙极了。也正是因为这一个"绿"字，"春风又绿江南岸"这一句诗也成了千古名句。

7. 杜甫与成都草堂的故事（唐·杜甫《绝句》）

绝　句

两个黄鹂鸣翠柳，一行白鹭上青天。
窗含西岭千秋雪，门泊东吴万里船。

【注释】

　　①西岭：西岭雪山；②千秋雪：指西岭雪山上千年不化的积雪；③泊：停泊；④东吴：古时候吴国的领地。⑤万里船：不远万里开来的船只。

"安史之乱"爆发后，杜甫为了躲避战乱，在成都的浣花溪边盖了一间茅草屋，终于过上了平静的生活。

可是好景不长，到了秋天的时候，刮了一阵大风，杜甫的茅屋居然被大风吹破了。破成了什么样子啊？屋顶上盖着的茅草被大风吹着乱飞，风很大，有些草被风卷得非常高，缠绕在了树枝上；有些草飘得很远，就落到了溪水里；还有一些一直飘到了河对岸。

这个时候，杜甫已经五十岁了，腿脚也不太好，他就走到河对岸去捡茅草，想拿回来重新修补一下房屋，可是一些小孩子就欺负他老了跑不动，抱着茅草飞快地钻进竹林里。杜甫拄着拐杖，追也追不上，喊也喊不住，气得他一直跺脚叹息。

这天晚上，风停了，可是由于屋顶破了一个大洞，风就呼呼地刮进来，冻得杜甫盖了很厚的棉被还是浑身发抖。不一会儿又下起了雨，屋顶就开始漏水了，滴答滴答，滴得屋子里到处都湿答答的，根本没法儿睡觉。

杜甫就围着棉被坐了起来，写了一首很长的古诗，叫作《茅屋为秋风所破歌》，说自己的茅屋被秋天的大风吹破了。在这首长诗里，有一句特别出名，是这样说的："安得广厦千万间，大庇天下寒士俱欢颜，风雨不动安如山。"这句话的意思就是，我如何才能得到千万间宽敞又高大的房子呢？让天底下像我这样贫苦的读书人都能有温暖的住所，让他们开怀欢笑，这样的房子不怕雨打风吹，能像大山一样牢固安稳。杜甫自己的屋子破了，冻得睡不着觉，就想到了在战乱中跟他一样流离失所、住不好的人们。

　　后来，杜甫的茅屋终于在好朋友严武的帮助下修好了。杜甫的这个好朋友严武可是当时四川的大将军，杜甫当时逃难来到了成都，这所茅屋就是严武出资帮助他修建的。茅屋修好的第二年，严武就接到了皇帝的命令，要回长安。杜甫非常舍不得这个帮助他的好朋友，就一直把他送出了成都很远很远。

　　可是，严武刚刚离开成都，成都就发生了兵变，另外一个掌管军事的官员徐知道守在长安通往四川的剑阁，准备在成都称王。杜甫一看，成都也发生了战乱，回不去了，便跑到了离成都不远的梓州，就是今天四川省三台县。他在梓州住了有一年多的时间，"安史之乱"才终于平息，严武重新回到了成都，杜甫也终于可以重新回到自己的浣花溪草堂了。

　　"安史之乱"前前后后一共持续了八年之久，在此期间，杜甫基本上一直在不停地逃亡，躲避战乱，现在战争终于停息了，他可以在自己的草堂悠闲地度过晚年，再也不用东奔西跑了。杜甫回到草堂，心情特别高兴，坐在窗口看着窗外的风景。这个时候正是初春，浣花溪的岸边停着几艘船只，旁边的柳枝上，两只黄鹂鸟叽叽喳喳地叫着，蓝天上飞过一群白鹭，远远望去，西岭雪山山顶上的雪还没有完全融化，白茫茫的一片。杜甫就写下了一首诗：

两个黄鹂鸣翠柳，一行白鹭上青天。

窗含西岭千秋雪，门泊东吴万里船。

东吴是古代吴国的领地，指的是江苏省一带。杜甫想着自己门前溪水里停靠的船只一定是从万里之外的江苏驶来的。

8. 七岁写诗的小女孩（唐·七岁女《送兄》）

送 兄

别路云初起，离亭叶正稀。

所嗟人异雁，不作一行归。

【注释】

①离亭：驿亭，古时候给旅行的人休息的地方，一般古代人送别时都在驿亭告别；②嗟：感叹。

古时候，女孩子通常都是不能够去学校上学读书的。因为古人重男轻女，他们认为女孩子就应该在家做饭、洗衣服，照顾好丈夫和小孩，不需要学习什么文化知识。所以，古时候很多女孩别说写诗作文章了，

就连大字都不认识几个。但是，还是有一些女孩特别聪明，又喜欢读书，自己私下阅读了很多书籍，学习了很多知识，一点儿不比男子差，这些女子就被人们称为"才女"。

《全唐诗》中一共收录了两千多位诗人的诗作，其中女诗人只有一百多位。在这一百多位里，又有一个特别的女诗人，她只有七岁，历史上只记录下来她是来自南海的一个小姑娘，叫什么名字却没有留下来。

在唐朝武则天当皇帝的时候，有人告诉她，南海有一个七岁的小姑娘，聪明伶俐，而且非常有才华，小小年纪就读了许多的著作和诗文，现在提笔就能写诗，写出来的诗作还一点儿都不比大诗人差。

武则天是中国古代唯一一个女皇帝，她自己就特别有才华，从小博览群书，还写得一手好书法。她一听说有这么一个女孩，就非常想见一见，便派人赶到千里之外的南海把这个小女孩领进皇宫来。

小女孩还很小，只有七岁，所以他的哥哥就陪同她一起来到了当时的首都长安。走进大殿之后，面对着高高在上的女皇，小姑娘一点儿也不害怕。武则天出了很多问题考她，她大大方方地站在大殿上一一回答，而且全都答对了，武则天感到非常惊喜。当时武则天的身边有一个得力的女助手叫作上官婉儿，她是十分有名的才女，文章诗词写得是又快又好，她就是在十四岁的时候被武则天召见而留在身边的。

武则天看这个小姑娘比上官婉儿年龄还小，又聪明伶俐，更是喜欢，便想把她留在自己的身边。她对小姑娘说："你以后就留在皇宫里吧，在这里看书学习。"

小姑娘很想家，不愿意待在这里，可是也不敢反对皇帝。

武则天又接着说道："你哥哥过几天就会回家了。我再考考你，你作一首诗送别兄长吧。"

小姑娘就想象着在城外的驿亭送别哥哥的情景，十分伤心地吟出一

首小诗：

<blockquote>
别路云初起，离亭叶正稀。

所嗟人异雁，不作一行归。
</blockquote>

小姑娘说："这就是我和哥哥要分手的大路，云彩漂浮在天空，路边有供人休息送别的驿亭，亭外稀稀疏疏的秋叶随风落下。而最让我悲伤叹息的就是，人为什么不能像天上的大雁一样呢？大雁都是排得整整齐齐，一同飞回家去的啊。"

武则天听完小姑娘的诗，被她感动了，她从诗里得知小姑娘一点儿也不愿意与哥哥分离，不愿意离开家乡，于是叹了一口气，对她说："你这么不舍得和你的哥哥分开，就与他一同回家吧。"

小姑娘听到之后，高兴极了，谢过了女皇便与哥哥一同回到了家乡。

第七章 春夏秋冬·咏四季

『春有百花秋有月，夏有凉风冬有雪。』

四季轮回，景色各异。在诗人眼中，每一个季节都有美丽的画面。

1. 一年之计在于春（唐·韩愈《早春呈水部张十八员外》）

早春呈水部张十八员外

天街小雨润如酥，草色遥看近却无。

最是一年春好处，绝胜烟柳满皇都。

【注释】

①呈：恭敬地送给；②水部张十八员外：唐代诗人张籍，曾任水部员外郎；③天街：京城街道。④酥：酥油，奶油，在这里形容春雨的滋润；⑤最是：正是；⑥绝胜：远远胜过；⑦皇都：首都，在这里指长安。

韩愈是唐代杰出的文学家，后人把他列为"唐宋八大家"之首。"唐宋八大家"就是唐朝和宋朝八个写文章写得最好的人，大家都认为韩愈是这最好的八个人里的第一名，可见他文章写得有多棒。"唐宋八大家"里还有一位宋代著名的文学家叫作苏轼，后人把他们俩一起称为"韩潮苏海"，意思就是唐朝的韩愈和宋朝的苏轼，他们俩的文章气势磅礴，如海如潮。

今天，我们就讲一首韩愈最有名的诗。这年，刚刚立春，也就是二月份吧，在北方，天气还是很冷，出门都得穿上棉衣。在现代，这个月

份北方的家里还开着暖气呢。这一年，韩愈已经五十六岁了，在文学方面已经相当有名气了，正在长安城里当吏部侍郎。吏部侍郎是一个很高的官职，在现代相当于副部长的职位。虽然天气还很寒冷，可是韩愈的心情却非常好，心想春天来了，在家里闷了一个冬天，不如叫个好朋友一起去郊外游玩吧。

韩愈就想起了自己的好朋友张籍，他正好也在长安做水部员外郎。水部就是管理江河、桥梁、湖水、船只这些和水有关系的部门，员外郎是个官职。张籍在家族里排行十八，跟韩愈的年龄差不多大，所以韩愈就总是喊他"张十八"。

韩愈跑去张籍家喊："张十八，张十八，立春了，咱们到湖边散步游玩怎么样啊？"

张籍打开门，看着冷飕飕的天气，皱着眉头说："你看看，我手上还有很多工作要处理呢，我还要写新年的工作计划呢。你和我都一把年纪了，现在刚刚立春，外面天气还冷得很，我年龄大了，腿脚也不方便，你让我去那么远的地方，万一累着，着凉生病了可怎么办啊？"

韩愈一看张籍又说自己工作多，又说自己年龄大，明显是找借口不想出门，就决定自己一个人去游玩了。他走在长安的大街上，突然，天空飘起了小雨，韩愈也没有带伞，细细的小雨打在身上，竟然一点儿也不觉得寒冷，就好像一层薄薄的水雾一样扑在脸上，又湿润又舒服。他望着远处的草地，在朦朦胧胧的细雨笼罩下，呈现出一片淡淡的绿色，好像小草全都已经发芽了，可是等他走近了才真正看清楚，原来只有几颗零星的小草冒出了头，韩愈不禁在心中感叹，这可真是奇妙啊！

韩愈边走边想，这早春的小雨和草色简直是一年之中最美的东西了，要是等到天气暖和了，绿树全都发了芽，满城都是一片绿色，那还有什么好稀罕的啊？回到家中，他一直想着路上美丽的景色，便提起笔写了一首诗送给张籍，这便是《早春呈水部张十八员外》：

天街小雨润如酥，草色遥看近却无。
最是一年春好处，绝胜烟柳满皇都。

韩愈写这首诗给张籍，就是让张籍知道早春的景色可是非常美丽漂亮的，不要再待在家里了，工作虽然很忙，但是也应该忙里偷闲出来玩一玩，看看美丽的景色，这样才好快乐地生活啊。

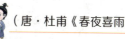

2. 春雨贵如油（唐·杜甫《春夜喜雨》）

春夜喜雨

好雨知时节，当春乃发生。

随风潜入夜，润物细无声。

野径云俱黑，江船火独明。

晓看红湿处，花重锦官城。

【注释】

①乃：就；②潜：悄悄地；③润物：是指植物受到了雨水的浇灌；④野径：田野间的小路；⑤晓：天刚亮的时候；⑥红湿处：指雨水润湿的花丛；⑦花重：花瓣上沾上了雨水而显得沉重；⑧锦官城：成都的别称。

中国有句俗语叫作"春雨贵如油"，意思就是春天的雨像油一样可贵。为什么说春天的雨可贵呢？因为在中国北方地区，冬天通常都比较干燥，雨水特别少，进入了春天，如果能够下一场雨湿润一下，大家都会特别高兴。

诗圣杜甫就写过一首描写春雨的诗。

杜甫年轻的时候因为考试没考好就出去旅游了。他的运气特别不好，

旅游回来后赶上国家发生了"安史之乱"，连皇帝都逃离长安城了。杜甫没办法，为了躲避战乱，只好携带着家人从长安辗转到了四川的成都。到了成都，他得到了一个好朋友的帮助，在成都西郊风景如画的浣花溪旁边修建了一间茅屋暂时居住，这间茅屋就叫作"成都草堂"，现在大家都管它叫"杜甫草堂"，是成都很有名的一个旅游景点。

浣花溪也是特别有名的一条溪水。传说那里以前住着一位浣花夫人，有一天，她正在溪边洗衣服，正巧一个遍体生疮的僧人路过，一不小跌进了沟渠里。僧人就脱下沾满了污泥的袈裟，请求浣花夫人替他洗一洗，浣花夫人很愉快地就答应了。当她在溪中洗僧袍的时候，水里竟然慢慢地漂浮出朵朵莲花来，不一会儿水面上就铺满了莲花。从此以后，这条河水就被叫作浣花溪。"浣"是洗衣服的意思。

这年春天，杜甫在浣花溪边的茅屋已经居住两年了。他在自己茅屋

的前面种了很多花，春天一到，花儿绽放，特别漂亮。他又在茅屋后面开了一小块地，自己耕田种菜，生活过得十分悠闲。

一天晚上，天已经黑了，杜甫坐在窗前点着蜡烛看书，忽然，一阵风从窗外吹了进来，还带着丝丝的凉意，杜甫起身去关窗户，把手伸到窗前时才发觉潮潮的，他这才发现，外面竟然下起了雨。可是雨很小、很细，要不是去关窗户，恐怕睡到明天早上也不知道下雨了。杜甫朝窗外一看，蒙蒙细雨里，到处都是一片漆黑，只有浣花溪中的渔船上还亮着灯。

"这一场春雨来得可太及时了，花儿正需要雨水的浇灌。明天一早城中各处所栽种的鲜花一定都开得更加繁茂了，美丽的花瓣上沾上点点露水也一定更加漂亮。我一定要起个大早，出门观赏这春雨滋润后的景色。"想着明早美丽的景色，杜甫就写下了一首诗——《春夜喜雨》：

好雨知时节，当春乃发生。
随风潜入夜，润物细无声。
野径云俱黑，江船火独明。
晓看红湿处，花重锦官城。

"锦官城"是古代对成都这座城市的称呼，因为成都的蜀锦特别出名。蜀锦是一种用彩色丝线织成的丝织品。三国的时候这里就设置了锦官，来集中管理这种蜀锦和制造蜀锦的工匠，从此，锦官城就成了成都的别称。

3. 苏轼喜欢吃河豚（宋·苏轼《题惠崇〈春江晚景〉》）

题惠崇《春江晚景》

竹外桃花三两枝，春江水暖鸭先知。

蒌蒿满地芦芽短，正是河豚欲上时。

【注释】

①蒌蒿：一种植物的名字；②芦芽：芦苇的幼芽，可以吃；③河豚：一种鱼，肉味鲜美，但是内脏有剧毒；④上：在这里指河豚逆江而上。

北宋的时候有九个写诗写得特别好的和尚，人们把他们称作"九僧"。这九个和尚里有一个叫惠崇，他不仅诗写得好，绘画也很有名气，在这九位僧人里排名第一。北宋的大文学家苏轼平时就非常喜欢研究佛学，因此他结交的很多好朋友都是僧人。惠崇也是他的好朋友之一。

有一年春天，惠崇和尚带着自己新画的两幅画去拜访苏轼，一张是春天江水里的戏鸭图，一张是春天燕子北飞的飞燕图，想让苏轼给自己的画题写两首诗。因为苏轼是当时最著名的诗人之一，很多有名的画家都想找他来为自己的画题写诗句，因为好的诗句会让一幅好画的价值大增。

　　惠崇把画藏在身后，来到了苏轼的书房里，他对苏轼说："你的题画诗很多啊，我都读了，非常不错，有写人物的、有写花草的，还有写山水的，但是，好像就是没有写春天的啊。"

　　苏轼并不知道惠崇的来意，就随口说道："只要大师您能画出来，我就马上写给您看。"

　　惠崇一听，赶紧从身后取出自己的两幅画，铺展开来，说："你看，我都给你准备好了，这是我新画的两幅画，名字就叫《春江晚景》。"

　　苏轼欣赏着惠崇的画，第一幅是一幅春日江景，江边是青翠的竹林和刚刚绽开几枝的桃花，一群鸭子正在江水里嬉戏游玩，河滩上已经满是蒌蒿，芦苇也开始发芽了……一片早春的景象。而这个时间，也正是水中的河豚要从大海里逆流而上游回河水里的时候啊。

　　苏轼欣赏完画，因为自己刚才有言在先，便拿起笔，思考了一下，在上面题写了一首诗——《题惠崇〈春江晚景〉》：

竹外桃花三两枝，春江水暖鸭先知。

蒌蒿满地芦芽短，正是河豚欲上时。

苏轼的这首诗，前三句都是惠崇画上的景色，只有最后一句是自己联想出来的。苏轼为什么会想到了河豚呢？

第一，因为河豚这种鱼，到了每年三月份的初春，就会从大海游到江河里产卵。在这里写到河豚很符合惠崇这幅早春景色的画。

第二，苏轼特别喜欢吃河豚。不过河豚虽然是一种美味的鱼，但内脏却是有毒的，万一烹调的时候没处理，吃了就很有可能中毒死亡。苏轼平时除了写诗作文章，还有一大爱好就是喜欢品尝美食、研究美食，是个大吃货，著名的"东坡肉"就是他发明的。当然他也非常喜欢吃河豚，而且一点儿都不怕被河豚毒死。古代人编写的书里就记载过一个他吃河豚的小故事：据说苏轼在常州居住的时候，有一次，当地一户人家烹制了河豚，想请这位大名鼎鼎的"苏学士"吃一顿。苏轼很高兴，爽快地答应了，到了饭桌上，苏轼边吃边说："能吃到这么美味的河豚肉，就是被毒死了我也愿意啊。"最后一直吃到撑圆了肚皮，打起饱嗝来。

第三，苏轼有一个学生叫作张耒，他写的一本书里就记载了长江一带的人吃河豚的事情，还说用蒌蒿、荻笋（就是芦芽）、菘菜三种植物烹煮出来的河豚是最美味的。苏轼看见惠崇画里的蒌蒿、芦芽，就很自然地想到了美味的河豚。

4. 柳絮与雪花的故事（唐·韩愈《晚春》）

晚 春

草树知春不久归，百般红紫斗芳菲。

杨花榆荚无才思，惟解漫天作雪飞。

【注释】

①不久归：指春天很快就要过去了；②杨花：指柳絮；③榆荚：指榆钱；④才思：才华和能力；⑤解（jiě）：知道。

韩愈不仅写过早春的诗歌，还写过晚春的诗歌。

这年四月份，韩愈又约了张十八一起去郊游，这一次他们去了长安城南边的郊区。长安城南边不远就是秦岭山脉了，唐朝人都把那里叫作"终南山"，那里有山有水，风景优美。而在那附近一直居住着两个大家族，一个是杜姓家族，称为"杜曲"，一个是韦姓家族，叫"韦曲"。因为这回韩愈只有一天的休息时间，所以就只选择了去韦曲游玩。一路上，他欣赏了一片片绿油油的麦苗、各种各样的盛开的花朵和翠绿的树木，参观了韦氏大庄园，还在当地的农家酒店吃了可口的饭菜，喝了一壶美酒。

玩了一整天，回到家后，他就把白天看到的景色和自己的感悟汇总起来，写了十六首诗，有写楸树的，有写落花的，有写韦氏庄园的，还有赠送给一起游玩的张十八的，等等，把这次游玩作的所有诗都放在一起，合成了一组诗，叫作《游城南十六首》，其中有一首最有名，叫作《晚春》：

草树知春不久归，百般红紫斗芳菲。

杨花榆荚无才思，惟解漫天作雪飞。

韩愈说：花草树木知道春天即将过去了，都想留住春天的脚步，一个个竞相绽放，好像在比赛谁开得更艳丽。可是，柳絮和榆荚没有什么艳丽的色彩，就只知道随风起舞，飘得满天都是，好像下雪一样。

柳絮与雪花，这样美妙的比喻可不是韩愈发明的，而是东晋时候一个特别有才华的叫谢道韫的女子最先创作出来的。谢道韫就是我们前面讲的"旧时王谢堂前燕"那句诗中，乌衣巷里住着的大家族谢家的人。在一个寒冷的冬天，外面飘起了雪，这么冷的天，大家在家里都很无聊，谢道韫的叔父谢安就把家里的人都召集起来，想要给大家讲故事。不一会儿，外面的雪越下越大、越下越急，雪花一片一片落下来，铺满了院子的地面，一片白茫茫的。谢安看见窗外的雪景，就问大家："你们看，这纷纷扬扬的雪花，它像什么啊？"

谢安的侄子谢朗抢先回答说："撒盐空中差可拟。"这雪花跟把盐撒到空中差不多吧。谢安听了，摇了摇头，不是很满意。

谢道韫接着回答道："未若柳絮因风起。"这满天飞舞的雪花就好像是春天随风起舞的柳絮。谢安听到这个回答，高兴地大笑起来，连连

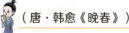

点头称赞，认为这个比喻简直妙极了。

雪花的特点是洁白、轻飘，谢朗用"撒盐"做比喻，只看到了雪和盐的颜色一样，而没有注意到雪花轻盈飘动的形态；而谢道韫用"柳絮"做比喻，不仅抓住了色彩洁白这个相同点，还抓住了形态轻飘这一更具体的特征，所以她的比喻最巧妙。

也正是因为这个故事，之后大家便都喜欢把雪花比作柳絮，也把柳絮比作雪花了。人们也因此称赞谢道韫是个才女，"咏絮之才"这个成语也由此诞生，被用来赞美在文学方面卓有才华的女子。

对了，后来这位谢才女还嫁给了乌衣巷里的另一个大家族——王家的大书法家王羲之的儿子王凝之呢。

5.最有名的清明诗（唐·杜牧《清明》）

清　明

清明时节雨纷纷，路上行人欲断魂。

借问酒家何处有，牧童遥指杏花村。

【注释】

①纷纷：形容多；②欲断魂：形容十分伤感；③借问：请问；④杏花村：杏花深处的村庄。

在古代，劳动人民经过几代人的仔细观察，记录了很多年的天气变化情况，然后总结出了一个指导人们种庄稼的方法，叫作"二十四节气"。它把一年分成了二十四个阶段，来告诉人们什么时候到什么季节了，一段时间里的天气是雨水多还是要下雪了，就像是古时候的天气预报一样。

清明就是这二十四节气中的一个节气。为什么后来清明这个节气会变成一个节日呢？那还要从寒食节说起。清明节一般是在公历的4月5日，而寒食节一般都在清明节的前一两天。

寒食节是为了纪念春秋时期晋国的一位义士介子推。传说，晋国有一个公子重耳被人陷害了，他就带着自己的家人和臣子一起到外面流亡，其中有一个臣子叫作介子推。在流亡的途中，重耳快要饿死，介子推就割下了自己的肉给他充饥。后来重耳重新回到自己的国家，还当上了君主，介子推不愿意争功，便隐居在了深山之中。重耳亲自到山中请介子推出来做大官，介子推不愿意，仍然躲藏在山里。重耳就命令手下的人放火烧山，原本是想着介子推看见大火便会跑出山来，结果介子推竟然被活活烧死在了一棵大树之下。重耳看到后非常伤心后悔，为了纪念介子推，就规定在这一天，全国上下都不能生火做饭，要吃冰冷的食物，称为寒食节。慢慢地，到了后来，人们不仅在这一天纪念介子推，也开始在这一天纪念自己过世的亲人。

就这样，纪念的风俗一直延续到了唐朝，老百姓都在寒食节去给自己过世的亲人扫墓，祭拜他们，虽然这没有什么明文规定，但是很多年来大家早已经养成了习惯。皇帝唐玄宗就觉得这是个非常好的习惯，能够让人们懂得尊敬自己的先祖，这种好习惯应该流传下去，于是就把寒食节定为了法定节日。

再后来，因为寒食节和清明节实在挨得太近了，人们过着过着，就把两个节日过到一块儿了。当然，在清明节的时候，大家除了扫墓祭拜，还会去踏青郊游。

从古到今，很多诗人都为清明节和寒食节写过诗词，这些诗词中有一首最为出名，那就是唐代诗人杜牧写的《清明》。

这一年的清明节，杜牧在安徽省池州市做官，看着大家都一家团聚，去给自己过世的亲人扫墓，自己却孤身一个人在外地，没办法回到家乡长安，感到十分失落，便一个人在大街上闲逛。不巧，这个时候天却下起了蒙蒙细雨。杜牧看着路上的行人，他们一个个在雨中也是心情低落的样子，好像丢了魂一样。可能是因为逝去的亲人而伤心吧，也可能是因为下雨了没办法出去好好游玩而感到扫兴。杜牧就想，既然下雨了，那不如去酒楼喝酒，顺便躲躲雨吧。他抬起头，正好看见前面一个牧童

骑在牛背上，便问道："小牧童，这儿附近哪里有酒家啊？"

　　牧童也没有说话，用手指着前方杏花村的方向。杜牧一下子明白了，小牧童指的前面那个开满杏花的村子里一定有酒家，便向着小村子走去了。这就是：

> 清明时节雨纷纷，路上行人欲断魂。
> 借问酒家何处有，牧童遥指杏花村。

　　因为这首诗特别出名，后来许多酒铺都借用了这句诗中"杏花村"来为自己的店铺命名，就是现在也常常能看到很多酒楼打着"杏花村"的招牌。

6. 山上的桃花开得晚（唐·白居易《大林寺桃花》）

大林寺桃花

人间四月芳菲尽，山寺桃花始盛开。

长恨春归无觅处，不知转入此中来。

【注释】

①大林寺：庐山大林峰上的一座寺庙；②人间：在这里指庐山下的村落；③芳菲：盛开的花；④长恨：经常惋惜；⑤觅：寻找；⑥不知：想不到。

这一年农历四月的一天，过了立夏，天气已经慢慢开始变得炎热了。立夏也是一个节气，这个节气就是告诉大家，从今天起就进入夏天了，要热起来了。当然，这是古人的观念，我们现在的气候学认为，一天的平均气温要稳定地达到22℃以上才算是夏天的开始。

这个时候，唐朝的大诗人白居易正在江西九江当官，他就约上几个好朋友准备去庐山上游玩。白居易在庐山香炉峰上还盖了一间房子，没事的时候就去那里小住。没错，就是李白写《望庐山瀑布》的那个香炉峰。白居易出生的时候，李白早就去世了，所以李白要算他的老前辈了。他一直非常喜欢李白的诗，年轻的时候还专门去李白去世的地方祭拜过，

并且写了一首诗来赞美李白的诗篇。

他们一行人一边聊天一边欣赏山中的美景，不知不觉就走了很远很远的山路，一直走到了庐山大林峰上的一座寺庙——大林寺。这里可要算庐山比较偏远的地方了。走了这么远的山路，大家都累了，一看时间，也快傍晚了，就决定今晚借住在大林寺中。当他们走进寺庙的时候，居然发现大林寺里种着的桃树全都盛开着鲜艳的桃花，特别漂亮。

"都夏天了，这里怎么会还有桃花？"其中一个人疑惑地问道。

"是啊，我家院中的桃花早就凋谢完了。怎么这里还像是春天一样？"

一般桃花三月就开花了，花期也就十天左右，到了四月底就已经全都凋谢完了。现在还能看见这么美丽的桃花，大家都很惊奇，争相在树下赏花，陶醉在花的海洋里。

白居易笑着对大家说："我们常常感叹春天怎么走得那么快啊，不知道去哪里才能找到它。这不，春天就在这里呀。"说着就吟出一首诗来，便是《大林寺桃花》：

人间四月芳菲尽，山寺桃花始盛开。

长恨春归无觅处，不知转入此中来。

为什么山下的桃花都凋谢了，山上寺庙里的桃花却还盛开着呢？白居易光看到了这样奇怪的现象，但是他没有仔细研究这其中的道理。一直到了北宋，有一个叫作沈括的科学家有一次无意间读到了白居易的这

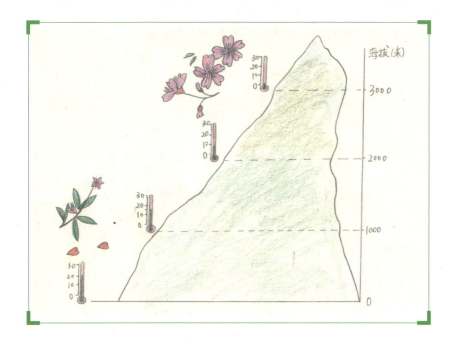

首诗，觉得十分奇怪，就在第二年的农历四月，亲自登上庐山去实地考察了一番。结果，山下的桃花早都已经凋谢了，山上的桃花真的还开得非常鲜艳。沈括经过仔细观察研究后才发现：庐山山上和山下的桃花之所以开放的时间不一样，是因为地势不同的原因。山上地势高，所以桃花开得晚。山下地势低，所以开得早。他把这个发现记载了自己的一本书里，这本书叫作《梦溪笔谈》。这是古代特别著名的一本讲述和记录各种各样的科学知识的书。

而现代科学研究得就更加详细了，地势高低影响开花早晚的原因主要是因为高山的气温是垂直分布的，海拔每升高 100 米，气温就降低 0.6℃。当时大林寺在庐山上，海拔大概有 1200 米了，所以比山下的气温低 7℃左右，花开放的时间自然就比山下晚了。

7. 池塘也有好风景（宋·杨万里《小池》）

小 池

泉眼无声惜细流，树阴照水爱晴柔。

小荷才露尖尖角，早有蜻蜓立上头。

【注释】

①泉眼：泉水的出口；②照水：映在水里；③晴柔：晴天里的柔和风光；④尖尖角：指荷花花骨朵的尖端；⑤上头：上面，顶端。

　　杨万里与范成大、陆游和尤袤一起被称为"南宋四大家"，因为这四个人是南宋诗文写得最棒的。杨万里还被人称为"诚斋先生"，为什么这么称呼他呢？这是有一段小故事的。

　　杨万里在永州当官的时候，正好有一个大将军张浚被贬居在永州。杨万里特别敬佩这位大将军，多次登门，想拜访他。可是张浚为人十分低调，一直闭门不出，不肯接待任何客人。后来杨万里又写了一封言辞恳切的书信，希望能与他见一面，张浚这才破例见了他。没想到，两人见面以后，就像老朋友一样谈得十分投机。临走时，张浚还送给了杨万里四个字——"正心诚意"，意思就是做人要正直，对人要有诚信。杨万里就把张浚送给自己的四个字当成了座右铭。

　　座右铭是什么呢？它是古人写出来放在自己座位右边的格言，用这个格言来激励和警诫自己。回家后，杨万里就给自己的书房起了个名字

叫"诚斋"，自号"诚斋野客"。他去世以后，皇帝亲自书写了"诚斋"两个字送给了他的后人，所以大家也都称杨万里为"诚斋先生"。

　　杨万里做官特别清正廉洁。他在江东任职期满要调走的时候，还剩下许多可以支配的钱财，他原本可以拿这些钱买些新衣服、家庭用品或者特产、纪念品之类，但是他一分都没有用，全部留给了国库。他辞官回家，就只是带了最常用的物品和书籍，住在家乡简陋的茅草屋里，和妻子一起种田。在家乡的十五年里，有人知道他文章写得好，就请他为自己新建的南园写一篇文章，并且答应他，只要写好了就给他大官做。但杨万里再三拒绝，坚决不肯答应。

　　杨万里的家乡在江西省吉水县黄桥镇的湴塘村。那是一个依山傍水的村庄，村里有一个小池塘，每到夏日，里面就会铺满翠绿的荷叶，开满漂亮的荷花。他在家乡闲居的时候就常常在村子里散步游玩。

　　这一年初夏的一天，阳光明媚，杨万里正好走到村中的池塘边，看到池塘边上有一股细细的泉水慢慢流进池塘，因为流水太细，流淌下来竟然一点儿声音也没有，就好像是泉眼爱惜流水，才让它慢慢地流淌。

岸边的树木倒映在池水里，池塘里的荷花才刚刚冒出小骨朵，含苞待放，景色简直太美了。杨万里正陶醉在这美丽的风景中时，就看见眼前一只小小的蜻蜓，轻轻地飞来，落在了池塘中一枝荷花骨朵的尖上。看到这样的美景，杨万里一下子就来了诗性，写下了一首诗——《小池》：

泉眼无声惜细流，树阴照水爱晴柔。

小荷才露尖尖角，早有蜻蜓立上头。

就是在这样一个小池塘里，杨万里看见了细细的流水、小小的荷花骨朵，还有荷花上那只小小的蜻蜓，这全都是十分细微的美丽景色，可是全都被杨万里发现了。著名的法国雕塑家罗丹说过一句话："生活中从不缺少美，而是缺少发现美的眼睛。"可见，要想写出好的诗文，就一定要仔细观察生活。

8. 雪花和梅花比赛（宋·卢梅坡《雪梅》）

雪 梅

梅雪争春未肯降，骚人阁笔费评章。

梅须逊雪三分白，雪却输梅一段香。

【注释】

①降（xiáng）：服输；②骚人：诗人；③阁笔：放下笔。"阁"同"搁"；④评章：评论的文章，在这里指评判梅与雪的高下。

南宋诗人卢梅坡特别喜欢梅花，所以就给自己起了个号叫梅坡。号就是别称，是古人在正式名字之外的另一个名字。

这一年冬天，下了一场大雪，到处都是一片白茫茫的，大地白了，房屋白了，树枝也白了。卢梅坡坐在窗户前面，看着天空飘散的雪花、庭院中的几株梅树，脑袋里突然冒出一个问题：雪花在隆冬飘散，梅花也在冬天开放，它们都预示着不久春天就要来临了，那么到底它们谁才更适合做报春的使者呢？

诗人一时半刻也被这个问题难住了，他搁下笔，不再写诗，把雪花和梅花仔细地对比着，看看究竟谁强谁弱。想了很久很久，诗人终于下了评判：雪花比梅花白，梅花却比雪花香，谁都既有弱点又有长处，只有一起才最适合做报春的使者。

难题解决了，诗人的诗篇也终于可以完成了，于是卢梅坡挥笔写下了这首名为《雪梅》的诗：

梅雪争春未肯降，骚人阁笔费评章。
梅须逊雪三分白，雪却输梅一段香。

雪花和梅花的比赛谁都没有赢了对方。诗人就是要告诉我们，雪花和梅花各有自己的长处，也各有自己的短处，雪花不如梅花那样有着淡淡的花香，梅花不如雪花那样有着洁白的颜色。就好像我们每个人都有自己的长处和短处一样，我们首先要看到自己的长处，自己是很棒的，为自己竖起大拇指；我们也要看见别人的长处，称赞他人，学习他人的长处。这样自己的长处就会越来越多，自己也会越来越优秀。

春秋时期的大教育家孔子说过一句名言："三人行，必有我师焉。"意思就是几个人在一起，这里面一定有人在某个方面比我强，可以当我的老师，值得我学习。而学识丰富的孔子都曾经拜过一个七岁的孩子当老师，这就是著名的"孔子师项橐"的故事。

有一次孔子和自己的学生外出游玩，车马正走在大路上呢，就看见一个孩子一动不动地立在马路中央，看见车子来了也不避让。负责驾车的学生子路就对着路中央的孩子喊："小朋友，你怎么不让开呢？要是我们的马车不小心碰到你可怎么办？"

小孩儿抬起头看着子路说："城市在这里，你的车马怎么能越过城市通过呢？"

孔子听到后从马车中探出身问："城市在哪里啊？"

小孩儿指着自己脚下说："就建在我的脚底下。"

孔子下车走过去，俯下身子，看见小孩儿的脚下有一座用石子和瓦片摆成的城堡。孩子问孔子："您说，是应该城市让马车，还是马车让城市呢？"

孔子笑了，说道："好聪明的孩子啊！请问你多大了？叫什么名字？"

小孩儿仰着脑袋答道："我叫项橐，今年七岁。请教您是哪一位？"

孔子答道："我是鲁国的孔子。"

项橐听到孔子的名字，惊讶地说："您就是大名鼎鼎的孔子啊！听说您是这个国家学识最丰富的人，很多学生都去拜您为师。那么我请教您一个问题，如果您答得出来，我就让我的城市让路，如果您答不出来，那就要绕着我的城市过去才行。"

孔子笑了笑说："一言为定！"

项橐说："您知道天上有多少颗星星，地上有多少颗五谷，人有多少根眉毛吗？"

孔子一听，皱了皱眉头，心想，天上的星星、地上的五谷，还有人的眉毛，这可全都是数不清的，便说："这个，我还真的不知道。"

项橐笑了笑，得意地说："那我来告诉你，天上有一夜的繁星，地上有一茬的五谷，人有黑色和白色两根眉毛。"

孔子听后，十分佩服项橐的机智与聪明，于是弯下腰向项橐行礼说："我应当拜你做老师啊！"然后便让自己的马车绕着走了过去。

9. 在绝境里的柳宗元（唐·柳宗元《江雪》）

江　雪

千山鸟飞绝，万径人踪灭。

孤舟蓑笠翁，独钓寒江雪。

【注释】

①绝：绝迹；②蓑笠（suō lì）：蓑衣和斗笠，古代用来防雨的衣服和帽子。

柳宗元是唐代的大文学家，也是"唐宋八大家"之一。他的故乡在河东郡，就是今天的山西省运城市，所以大家都叫他"河东先生"。柳姓是河东大姓，祖上世代为官，绝对是名副其实的名门望族。

一提起河东，很多人都会想起一个成语叫"河东狮吼"。这个成语是用来形容妻子特别厉害，对丈夫大吵大闹的。"狮吼"很容易理解，就是像狮子一样吼叫。可是为什么要说"河东"呢？是因为这个故事发生在河东吗？还是因为河东这个地方的女人都很厉害呢？

相传，在北宋的时候，有一个大官的儿子叫陈慥，也叫陈季常。尽管他有一个官做得特别大的爸爸，但是他既不喜欢当官，也不喜欢什么金钱豪宅。于是就自己跑到了湖北黄冈的龙丘，在山水间盖了栋大房子，

隐居了起来，于是大家都叫他"龙丘居士"。他和苏东坡是非常好的朋友，两个人常常在一起聊天、研究佛学。陈慥特别喜欢交朋友，经常和很多朋友一起在自己家里聚会，喝酒玩乐，请人来唱歌跳舞，通常一玩就是一个通宵。

　　陈慥有一个姓柳的妻子，脾气特别不好。有一次，陈慥正和朋友们玩得高兴，就听见妻子在隔壁拿着长木棍敲墙壁，生气地大喊大叫，嫌他大晚上了还不休息，光知道喝酒玩乐。吓得陈慥当时就发起抖来，手上的拐杖都吓掉了。苏东坡看见了这样的情景，就写了一首诗取笑陈慥："龙丘居士亦可怜，谈空说有夜不眠。忽闻河东狮子吼，拄杖落手心茫然。"因为河东是姓柳的人的聚集地，所以苏东坡就用河东暗指陈慥那个姓柳的妻子。从此，"河东狮吼"这个成语就诞生了！

　　下面我们接着讲"河东先生"柳宗元的故事。柳宗元从小就读了很多书，学习好，考试成绩也很好，很年轻就被授予了官职，而且很快官职就越来越高。等他做了大官，就开始想怎么才能让国家富强起来，让百姓过上好日子。他向皇帝提出建议，国家应该狠狠地惩治贪官，还应该免去老百姓的赋税负担，而且还要多招一些品德好、才华高的人。虽然这些建议都非常好，但是却得罪了当时很多有钱有权的富贵人。这些人就想方设法要陷害柳宗元。最终，柳宗元被皇帝从长安城贬到湖南永州。

　　永州在唐朝的时候特别荒凉，而且他们虽然名义上给了柳宗元一个小官职，其实就是把他当作罪犯，派了很多人去监视他，还处处为难他，不给他房子住，也不给他粮食吃。柳宗元不得已，只能带着年迈的老母亲找了一间破寺庙住下。因为那里的生活条件特别差，柳宗元的母亲来到永州才半年就去世了。这一年，柳宗元才三十三岁，正当盛年啊。随后的几年里，他住的寺庙在五年内遭遇了四次火灾。他也因为不适应南方的天气，再加上生活条件差，染了一身病，日渐消瘦。

　　这一年，湖南突然普降大雪。这场大雪来得又猛又突然，不久积雪就覆盖了大地。这一天，柳宗元刚好从外地赶回来，大雪封路，他实在走不动了，就在永州一条叫潇水的河边找了块大石头休息。看着漫天大雪，他就想起这些年的生活。自己工作没了，亲人死了，生活在偏僻荒凉的地方，还到处都有要害自己的敌人，孤独、悲伤、忧愁都一起涌上心头。这时，他突然看见江中有一个老翁，穿着蓑衣，戴着斗笠，自己乘着一条小舟在寒冷的江面上独自垂钓，不惧严寒风雪。他被这个老人深深地感动了，写下了一首诗——《江雪》：

千山鸟飞绝，万径人踪灭。

孤舟蓑笠翁，独钓寒江雪。

雪下得特别大，有多大呢？所有的山上都没有飞来飞去的鸟，所有的路上都没有出来行走的人。就在自己最绝望的时候，柳宗元看到了这个大雪天钓鱼的老翁，他便用钓鱼的老翁来勉励自己，虽然现在很困难，但自己一定也要像老翁一样不惧冰雪的侵袭。

后来还有人发现柳宗元的这首诗很有可能是一首藏头诗，把每句诗的第一个字连起来念就是"千万孤独"，这不正是那时绝望的柳宗元心中的写照吗？

10. 打油诗是什么诗（唐·张打油《咏雪》）

咏 雪

江山一笼统，井上黑窟窿。

黄狗身上白，白狗身上肿。

【注释】

①笼统：含混不清，这里指下雪后世界一片白茫茫的样子；②窟窿：洞。

　　打油诗是诗歌的一种类型，这种诗并不像一般古诗一样有着优美的意境，还有流传千古的名言。它们不仅语句很通俗易懂，语言也十分有趣。

　　打油诗到底是谁发明的？为什么偏偏叫作打油诗呢？

　　唐代的时候有一个很普通的人叫作张打油，他写过一首特别有意思的诗——《咏雪》：

江山一笼统，井上黑窟窿。

黄狗身上白，白狗身上肿。

　　这是一首描写雪的诗，但是诗句里却没有一个雪字。张打油说，一下雪江山都是一片白茫茫的，只有水井远远望去是个黑窟窿。黄色的狗身上堆着雪花，好像变成了白的；白色的狗身上堆着雪花，就好像变肿了一样。因为这首诗十分有趣，很快就流传开来。此后张打油时不时地就创作这种有趣的诗歌。

　　有一年冬天，一位大官员来到供奉家族祖先的祠堂祭拜，刚走进大殿就看见刷得雪白的墙壁上写了一首诗："六出九天雪飘飘，恰似玉女下琼瑶，有朝一日天晴了，使扫帚的使扫帚，使锹的使锹。"大官一看，十分生气，立刻命令左右的随从一定要查清楚作这首诗的人，拉来重重治罪。有人就说："这还用查吗？能这样写诗的，不会是别人，一定是张打油。"

　　于是张打油很快就被抓来。张打油听了官员的呵斥之后赶紧说道："大人，我张打油虽然很喜欢写一些有趣的诗，但是再怎么也不会写得这样差啊，连拿扫把、拿铁锹都写出来了。不信，我愿意当场面试

作诗。"

官员一听，就决定考一考张打油。正好这时发动叛乱的安禄山被困在南阳，官员便以此为题，让张打油作一首诗。张打油想都不想开口就说："百万贼兵困南阳。"

官员一听："不错啊，还挺有气魄的，接着说。"

张打油一笑，再说第二句："也无援救也无粮。"

大官摸了摸胡子说："这句也还凑合吧，再念。"

张打油吸了一口气念道："有朝一日城破了，哭爹的哭爹，哭娘的哭娘！"

这几句话刚念出来，周围的人全都笑了起来。这与墙壁上写的那首诗最后的"使扫帚的使扫帚，使锹的使锹"格式一模一样，一看就知道

是张打油写的。大官听着也大笑了起来，最后也就饶了张打油。

从此张打油就更出名了，人们就把他开创的这种既通俗又有趣的诗命名为"打油诗"。而他的《咏雪》，则成了最经典的打油诗，和许许多多大诗人的诗一样流传千古。